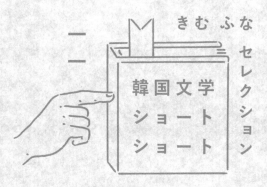

きむ ふな セレクション

韓国文学
ショート
ショート

二
一

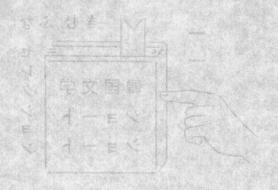

ダニー

ユン・イヒョン 著

佐藤美雪 訳

原文では、作品中の年齢表記は数え年で記されているが、訳文では日本の慣習にならい、満年齢での表記とした。

油膜が浮いた熱いミックスコーヒー[*1]の中で、氷が溶けながら回っている。甘く熱く、冷たいコーヒーをのどに流し込むとこめかみがズキズキした。なんとか一口飲み、カップをおろした。

では、始めましょうか。

チェ刑事がリモコンを手にした。

話し方に注意して聞いてください。使われている単語などです。声は違いますが、気になる特徴があると思います。

私はうなずいた。明かりが消え、目の前の大きなスクリーンに映像が映し出された。若い夫婦が並んで座り、カメラをじっと見ている。三十代前半といったところか。二人とも見た目は若いが、意外に年をとっているのかもしれない。ピアスをしている

*1【ミックスコーヒー】砂糖と粉末ミルク入りのインスタントコーヒー

わけでも、髪をピンクに染めているわけでもなく、子どもじみた悪ふざけをするようには見えない。男は真面目そうな眼鏡をかけている。女は目がうさぎみたいにまん丸だ。白とベージュでまとめた上品な着こなしで、二人きりで家にいるときでも丁寧な口調で会話しているような雰囲気だ。フレームの外から質問が投げかけられた。

質問　あの日、このおばあさんを見て、どう思ったとおっしゃいましたか。

女　えーと……つらそう。おつらいだろうなって感じ？　近所でよくお見かけする方だったんです。向こうは気づいていないでしょうけど。いつも小さなお孫さんを連れているんですが、体がちょっと不自由なようでした。私、母がいないんです。そのせいか、亡くなった母のことを思い出したりして、少し……助けてあげたい気持ちにもなりました。

質問　それで、手助けしようと話しかけたんですか。

女　うーん、なんか具体的にお手伝いしようとしたわけじゃなくて。

質問　と言いますと？

○○四

男　あの、誰だって、ただ何となく話しかけたくなること、あるでしょう？　近所でよく見かけるおばあさんなんですし。必ずしも理由があるとは限りませんよね？

質問　わかりました。では、なぜ別の機会に直接顔を見てではなく、あのような特殊な方法で話しかけたくなったのでしょうか。それも、あのような言葉を使って。

男　……。

女　……。

質問　さらに、そのとき、お二人の娘さん、ジヒちゃんは公園で遊んでいたんですよね。子どもから目を離せない状況だったのに、どうしてあんなことをなさったんでしょう？

女　退屈だったからです。

男　おい。

女　いいのよ。ありのままに話せばいいじゃないの。悪いことしたわけじゃないし。

〇〇五

質問　退屈していたんですか。

女　あの、失礼ですが、あなたにはお子さん、いますか？　三歳児の公園遊びに付き添うのって、一時間だろうが二時間だろうが、子どもの後をずっとついて回って、自分のことは何もできずに、ただ見てるだけなんです。これを毎日欠かさずやってれば飽きもしますよ。

質問　そうなんですか。

男　スーパーバイジングモードのときは、何の心配もいらなかったんです。ダニーはとてもよく面倒をみてくれますから。

女　あのときは、午後四時頃だったと思います。仕事がほぼ片づいたので、ちょっと気になって接続して子どもを見ていたんですが、本当に何の心配もいらなくて。それで、そのまま、なんとなく他の人たちを見たり、他のことを考えたりしていたんです。他の家ではあり得ないでしょうけど。きっと悪く言われますよね。でも、うちではそんな感じだったんです。

男　みんな、誰かと話すとき、ただ話だけするってこと、ないじゃないですか。ふつうスマホ見たり、なんか他のことしながら話しますよね。

〇〇六

質問　わかりました。　飽き飽きして、退屈で、それでこの方に話しかけたんですね。

女　ダニーになってみたかったというのもあると思います。

男　おい、ちょっと。

女　……ちょっとだけ。軽いいたずらのつもりでした。ええ、良いいたずらじゃないですよね。でも、サイバー空間でも、みんなアバターを使ってるじゃないですか。これってそんなに悪いことなんですか。このおばあさんを見てたら、私がこの人だったら、どんな気持ちかなって思ったんですよ。私がこのおばあさんで、ダニーみたいなルックスの男の人が話しかけてきたら、どんな気持ちになるかなって。ちょっと元気が出るんじゃないかな。だからダニーになりすましたんです。衝動的に。でも、その一度だけです。その後、そのおばあさんに話しかけたことはありません。ブラックボックスを開けて見れば、記録に残っていると思います。

質問　わかりました。

〇〇七

映像が終わり、明かりがついた。

冷たい水が一杯、出された。私の顔色を見て、気づかってくれたのだろう。私が水を飲み干すのを待って、チェ刑事が尋ねた。

どうですか。何か思い出しましたか。

どうなんだろう？　私は自問した。

そして、何度も考えた末に答えを絞り出した。よくわからないと。チェ刑事がほとんど聞こえないほどの小さなため息をついた。同席していた他の人たちも、少し疲れた顔をしていた。最初からもう一度見ますか。それとも他のインタビューにしますか。

この二人の娘さんのインタビューもありますが、そちらからご覧になりますか。

……そして。似たような提案と質問、インタビュー映像。同席していた複数の人たち。言語学者、カウンセラー、犯罪学者、弁護士、生物機械工学者、政府機関から派遣された人たち。こんなに多くの専門家と話をしたのは、生まれて初めてだった。おそらく最初で最後だろう。またコーヒーが一杯。質問と答え。そして提案、冷たい水。また……。あの日、この作業が延々と繰り返された。思い浮かぶのは、ミヌを抱いたまま泣きべそをかいていた娘と、何度も煙草を吸いに出たり入ったりしていた婿の疲

れ切った顔だ。

あの日、私は隣の小さな部屋でダニーに会い、それから今まで彼に会えずにいる。これは、私にとって彼が登場する最後の記憶になるのだろう。袋小路。手術用のメスですっぱり切ったような、何の疑問の余地も残さない物語の終わり。

だが、私には彼に関する記憶が、まだ、ある。

＊

ダニーと出会った夏、私は六十八歳だった。雨の多い夏で、膝蓋軟骨軟化症の持病がある私は、鼻歌を歌っては痛みをまぎらわせていた。ダニーは二十三歳で、がっしりした手足と、子どもたちの人気を独占できる才能、永遠に老いることのない心臓をもっていた。

最後にダニーにかけられた言葉は忘れてしまった。多分なんてことない言葉だったのだろう。最後がいつで、どんな様子だったのかも、実はあまり覚えていない。だが、彼が最初に私に言った言葉は忘れようがない。それは四つの音節からなる単語だった。

きれいだ。

その言葉を耳にしたとき、私は公園にいた。ミヌをベビーカーに乗せ、バックルをはめているところだった。

ミヌが体をひねり、足をバタつかせ、甲高い声で癇癪を起こしていた。動かないで、おばあちゃん、困っちゃうよ。いっぱい遊んだよね？　もうおうちに帰らないと。そう言って、かがめた腰を勢いよく伸ばすと、思わずうっと声がもれた。ミヌがちゃんと座ったことを確認し、ベビーカーのハンドルを握り、ブレーキを解除した。さっき誰かが何か言ってたっけと、ふり返ったのはその後だった。

色あせた黄色いTシャツ、ジーンズにスニーカーといういでたちの若い男がこっちを見ていた。目が合うと、彼は笑った。確認するかのように、彼はもう一度言った。

きれいですね。本当に。

男の肌は驚くほど白く、目と口はちょっと不自然なくらい大きかった。特に黒々とした目は、見たことのない大きな熱帯の果実から落ちた種みたいで、波打つように

〇一〇

カールした髪は、黒くて大きい魚の鱗を連想させた。

　胸の奥で、ガスコンロの中火ほどの警戒心が点火した。この男はなんで私に笑いかけてくるのか。世間知らずで駆けずり回っている青春真っ盛りの中高生なら、子どものすることだからと理解できる。だが、それよりも上の年代、二十代や三十代の明るい笑顔にでくわすと、なぜか私の視線は下がり、悪いことをしたわけでもないのに気が引けてしまう。しわも傷も悪意もない、まだ崩れていない顔。そうした顔は光の刃のように宙に浮かび、無邪気に揺れた。遠くから見る分にはいいけれど、近づかない方がいい、と警戒心がはたらくのは、おそらく無意識のうちに誰かを傷つける能力を失った、年を重ねた者の嫉妬だったのだろう。

「ミヌ、ありがとう、って言わないと。お兄さんが褒めてくれたよ。」

「私が？」

「はい。」

「えっ。」

「いえ、あの、あなたがきれいだって言ったんです。」

「……。」

あらー、ありがとう。長生きしたら、若い人に褒めてもらえたわ。

多少大げさに笑って、急いでその場を去ろうとした。悪意のない冗談に目くじらを立てることもない。男はハーフのようだった。見た目もそうだが、韓国語も少し不自然だった。彼の顔から笑みが少しずつ薄れていった。

何カ月ですか。

うちの孫？　先々月に満一歳になったから、あら、もう十四カ月だわ。

ああ、大変な時期ですね。

そうなの。この子、最近、癇癪がひどくて、ちょっと大変でね。でもこのくらいの子が大変なこと、よく知ってるわね。

僕も姪の世話をしてるんですよ。あそこにいるうちの姪は、今、三十六カ月と八日です。

三十六カ月と八日？　正確だこと。本当に几帳面なおじさんをもったものね。

子どもを育てるお母さんは強くなきゃだめだけど、孫を育てるおばあさんは強くて、慈愛に満ちて、明るくなきゃだめだって、聞いたことがあります。おじさんには、

うーん、そういうの、ないですね。

彼が笑った。大変ですよね。でも、頑張ってくださいね。

汗のにじむ顔がほてった。焼けつくような陽射しが照りつけた。抗議や追及、言い訳以外のことで、初対面の人とこんなに長く話したのは数年ぶりで、なんだか落ちつかなかった。

おじちゃん！　ダニーおじちゃん！　遠くから女の子が大声で呼びながら、駆けてきた。白いワンピースを着て、髪をツインテールにした、浅黒い肌の女の子だった。その子はあっという間にベンチを伝い、男の背に乗ると、首に手を回して、大声で叫んだ。行くぞ！　ロボット！　立て！　スタンダップ！　ゴーゴー！　ゴーゴー！　男は嬉しくてしょうがないという表情で腰をかがめ、女の子をおんぶした。私は目礼をし、公園を出ると、家へと続く坂道に向かってベビーカーを押した。

オールドタウンに引っ越してきたとき、私は安い家賃と、その値にふさわしく町全体がすっかり古びていることをありがたく思った。必要なものはすべてそろっていた。そこそこ大きい昔ながらの市場、老舗の餅屋と小さなパン屋、サウナにチムジルバン、[*2]

〇一三

山で採ってきた山菜を路上で売る女たち、旧式の遊び場や公園、登山道にいたるまで。昔ながらの生活様式を残すために市が〝セピアベルト地帯〟として指定したこの地域は、タイムカプセルから出てきたような、年寄りの暮らしに最適な条件がそろっていた。ただひとつ難点があった。私が暮らす建物にはエレベーターがなかった。毎日、家を目指して坂道を上りながら、墓のように密集して建ち並ぶ古びた建物や、半世紀前に建てられたようなアパートを見渡すたびに、これから上らねばならない階段が頭をよぎり、私は脚が震え、胸が詰まるのだった。

えせ宗教の勧誘だろうか。それとも、ただ暇な男なのか。ふと、男と話したときの自分の声を思い出した。割れた瓦をどこかに打ちつけたときに出るカンカンという音のような、潤いのない、土埃の舞う音だった。急に自分の声がよそよそしく思え、気に入らなかった。頼まれたわけでもないのにいつの間にか身につけてしまった老人特有の口調もいやだった。

気に入らないからってどうしろというのだ。自嘲的な笑いがもれた。ベビーカーから抱き上げて抱っこひもに移すと、ミヌは泣きながら腰を弓のように反らして暴れた。家に入りたくないと、逃げ出そうとする十一キロの孫をカンガルーの子のようにぶら

○一四

下げ、五・七キロのベビーカーをたたみ、片手で持った。ミヌは大粒の涙を流しながら、休みなく泣き叫んだ。五階まで上る途中、あまりに疲れて二回休んだ。最後の数段を上るとき、下着が少し濡れてしまった。

その晩はいつにも増して大変だった。何をやってもだめで、娘に連絡してホログラム通話までしたが、ミヌは泣きやまなかった。おんぶして子守唄を歌い、真っ暗な部屋の中をぐるぐる歩き回った末に諦め、布団に倒れ込んだ。ミヌは二時間半後、ようやく泣き疲れて寝た。ミヌの細い首に流れたよだれを拭いていたら、どっと眠気が押しよせてきた。眠りに落ちるその瞬間、昼間の言葉が胸の奥でこだました。

きれいです。本当に。

*

他の被害者たちの証言は終わりましたね?

はい。百万ウォンから一千万ウォンまで要求されたと言っています。ブラックボックスの資料によると、最初の一、二回をのぞいては、スーパーバイジング状態で使用者が会話を直接入力した記録がないというのが共通点です。

嘘発見器の分析は終わりましたか。

はい。該当事項なしと出ました。

だとすると、AIが恣意的に生成した反応パターンということですね。そんなことが可能なんでしょうか。

このモデルに搭載されているAIのバージョンは4・65です。人間の感情の八十パーセントを感じて再現することができ、普通レベルの冗談も言え、質問に答えずに沈黙を選ぶこともできます。ですが、「金品窃盗」のようなことは、当然ながらできません。育児用に特化されているからでもありますが、人間の道徳上、問題になるパターンは作成自体が不可能ですから。しかし、知らない人にお金を要求したり、脅したりするのではなく、友だちからお金を借りるといったパターンなら可能です。理論上は。

友だち、ですか。

はい。あるいは、そのくらい親密な関係と認識されたら、の話ですが。

そのくらい漠然とした関係を自分でつくれる、ということですか。

というよりは、あるパターンにつながるように設定した上で、出会ったときから特定の人物をメモリーに強烈に印象づけるように、使用者が操作したとも考えられます。

その場合、使用者が再度介入しなくてもAI内部で反応ツリーがその方向に生成される可能性があります。交通量の多い大通りに突然家くらいの大きさの岩がひとつドスンと置かれた、と想像してみてください。すると、その周りに自然に人が集まり、岩についての相談がなされ、岩をどかすべきではないかという方向で意見がまとまり、最後は取り除かれます。AIの論理回路でも同じような状況をつくることは、さほど難しくはありません。やろうとさえ思えば、ですが。

謎の多い事件ですね。

はい、それに被害者が全員六十代から七十代、一人で孫の面倒をみている高齢者という点も気になります。しかし、使用者の故意だという物的証拠がないんです。ただのバグである可能性も排除できませんし。

〇一七

となると、いったん返品処理して、分析することになります。以前起こった例の事件のこともありますし、慎重に対応すべき事案ですから。

はい。以前起こった例の事件のこともありますし、慎重に対応すべき事案ですから。

今日中にすべてを回収する作業に入ると思います。その後は研究開発チームが担当します。

*

孫はかわいかった。愛らしくて、いとおしくて、きらきら輝いていた。私の血筋の伸びた枝先に、こんなかわいい子が実を結んだなんて。信じられないほどありがたく、胸がじんとする存在だった。風に舞う桜の花びらのようであり、夜通し降り積もった初雪のようだった。この世にひとつしかない宝石だけを集めて、精魂こめ、細工をこらしてつくった貴重な器のようでもあった。

そして私の仕事は、その輝く器に注がれる煮えたぎった毒薬のような液体を、毎日残さず飲み干すようなものだった。

ある日、家の前にある教会のバザーでキムチを買ってきたと言ったら、すかさず娘

〇一八

が訊いた。お母さん、そのキムチ、何キロあるの？　十キロって、十キロを転ばない
で持って帰れたなら、お母さん、ミヌの面倒をみられるね。私が職場復帰しないと
ローンが返せないのよ。このままじゃ首が回らなくて、本当に死んじゃいそうなの。

私は高齢者福祉センターで紹介してもらった仕事をやめたくなかった。地域の図書
館で貸し出しカードの順番をそろえたり、広報誌を封筒に入れ、封をしたりする単純
作業で稼ぎも少なかったが、やり甲斐を感じていた。私は気ままに市場を見て回り、
山の風、川の風に吹かれたいときには、寂しいながらも一人で散歩する自由を手放し
たくなかった。だが、膝の痛みくらいでは断る理由にならなかった。股関節炎や動脈
硬化のような病名が下され、重症病棟で寝ていたり、杖をつきながらガニ股で歩いた
りしている老人たちにくらべれば、私はかなり元気な方だったから。婿は高校生のと
きに両親を一度に事故で亡くし、一人で育ったため、娘にとって頼みの綱は私だけな
のだった。

産後六カ月を過ぎると、娘は復職し、私はミヌを預かった。一カ月に百万ウォン足
らずの生活費を受け取り、粉ミルクやオムツを買い、肉と野菜でおかゆをつくった。
娘は週末になると涙ぐみながらミヌを迎えに来るが、月曜の朝にはまた連れてきて、

〇一九

振り返りもせずに去って行った。

　早朝六時から夜中の零時まで、私は家でずっと立ち仕事だ。考える間もなく、ただ反射的に体を動かしてようやく孫の要求の半分程度に応えることができた。ミヌはよく食べ、丈夫だったが、素直な子ではなかった。絶えずイルカのように甲高い声でわめき、欲しいものがあると手に入れるまで地団太を踏み、物を投げ、泣いた。

　私は機械じゃない。

　一人の週末、私は焼酎を買ってきてゆっくり飲みながら、こう呟いた。口に出してみると、むしろ機械だったらよかったような気がした。体なんて馬鹿げたくだらない塊で、食べなければ生きられないみたいに、時々一人の時間がなければ仕事もろくにできないと愚痴をこぼした。普段の私は脂肪も皮膚も剥がれ落ちた骨の寄せ集めみたいだが、静かな部屋に一人座り、コップについだ焼酎をゆっくりのどに流し込んでいると、それだけで人間らしい存在に戻るような気がした。時々、鉛色の漢江*3の流れが頭をよぎった。天使のような孫を育てることが唯一の暇つぶしであり、楽しみな老人、それが私に与えられた役割だった。誰も私が泣くほどつらいとは気づかなかった。

　一人で子どもを育てることは、若い頃に一度越えた山だった。しかし、あのときは

若さ特有の回復力と、未来は絶対明るいという、どうしようもなく一途で愚かな期待、そしていずれにしても、これは自分が選んだ道だという鉄のように固い覚悟が、毎日をすき間なく埋めていて、明日が見えない戦場でも倒れずにすんでいたことを、今さらながら理解した。もう私にそんなものはない。これが生存や生活ではなく、人生と呼ばれ得るものなのか、それすらよくわからない。私は箸のような、一種の道具に変わり果てていた。ふらつく体で危なっかしく孫を背負い、昼から夜に、今日から明日に、際限なく運んでいるだけだった。

乳製品の棚についていた鏡を思い出す。半分ほどに減ってしまった灰色の髪はボサボサでまるで瀕死の人のようだった。いつもの茶色のもんぺ風パンツに深紅のぴったりしたTシャツという格好で、私は汗をだらだら流して立っていた。そのとき彼と目が合った。彼は鏡の奥、少し離れたところから私を見ていた。

四十を過ぎてから鏡を気にせずに生きてきた。ある日のぞいた鏡に、ぽっかり穴が

*3 【漢江】 ソウルの中央を流れる大河

開いていたとしても、別に驚かないだろう。老いていく肉体が意志の力ではどうにもならなくなって久しいという事実が、私のみすぼらしさを正当化してくれた。私は何でも適当に食べ、あるものを適当に着て生きていた。だが、その日、彼と一緒にその鏡に映った自分の姿は衝撃だった。それは、そんな冴えない格好の私が幻ではなく、正真正銘の自分であり、他人の目にも映る存在なのだから自分の姿に責任をもたねばならない、と伝えていた。

それ、ぼくが持ちます。

大丈夫です。

そう言わないで、持たせてください。

大丈夫だって言ったでしょ。

えっ？

あなた、学生さん？　私のこと、知ってるの？

あ、前に公園で会いましたよね。

大丈夫だって言ってるのがわからないの？　自分の荷物は自分で持つって言ってるのに。

ついに、道の真ん中で大声を出してしまった。ガラスの破片が交じったような声だった。荷物はタラの干物数枚、ニラ、ネギ、豆腐、紙オムツ一パックだった。このくらい、重いうちに入らなかった。

公園で会うたびに笑いかけてくるところまでは、そういう人なんだろうと思っていた。私にしろ、孫にしろ、身なりを見れば家計の事情は一目瞭然だったから、ミヌをどうにかしようというのではないと思った。性倒錯者や心を病んでいる人にも見えなかった。よく笑い、人が好きな暇な青年。ところが、その日、彼はスーパーからずっと、子犬のようにちょろちょろ後をついてきた。

なんでこんなにイライラするのか、わからなかった。偽りのない親切であり、好意によるものだろう彼の優しさが、とにかく耐え難かった。それは実は、私に親切でも好意的でもない他の人たちに対する苛立ちだったのだが、そのときの私にはわかっていなかった。

お困り、ですか。困らせてしまったなら、申し訳ありません。

彼は私の顔色をうかがい小さな声で言うと、抱っこひもの中で眠っているミヌを見ながら、こう続けた。ぼくは傷つけません。赤ちゃんも、あなたも。

傷つけないってことは、わかるんだけど。

はい。

人の気持ちを察することも、ちょっと覚えないと。

……。

男は黙ってうつむいた。ミヌの目がとろんと開いた。ミヌの額にしずくが落ちた。灰色の歩道に点々と濃いしみが広がった。雨宿りできそうなところはないかと、辺りを見回していると、男が持っていた傘を開いた。とても大きな傘だった。

降りしきる大粒の雨がおもしろいようだった。ミルクを全部飲んだミヌは窓の外を見て、キャッキャと声を上げて笑った。

雨脚が弱まるまで待つことにした。男は何も注文せず、私はかりん茶を頼んだ。さっきまで爆発寸前だった気持ちが、一杯のお茶ですっと落ち着いたことに我ながらあきれ、若い人に偉そうに説教をした気がして恥ずかしくなった。笑っているミヌを見ていたら、今日はもう洗濯も料理もしないで、これで一日の日課が終わりだったらいいのに、という気がした。

ご存知かもしれませんが。

しばらく沈黙を保っていた男が話しだしたのは、意外にも隣街で起こったキンダーガーテンでの惨事だった。雨の午後、喫茶店での会話におあつらえ向きの内容ではなかったが、その事件のことは知っていた。保育施設での児童虐待や暴行、死亡事故なら、昔から度々あったが、五年前のその事件は規模にしろ、計画的犯罪だったという点にしろ、それまでの事件とは次元が違っていたからだ。同じ親睦会に入っていた三人の保育士がそれぞれ別の時間に自分の勤めている職場に火を放ち、零歳から三歳の子どもたち四十二人と保育士八人が死亡した。

犯人らは全員逮捕されたが事件の衝撃は長いこと尾を引き、その影響でかなりの数の保育施設が事実上の閉園に追い込まれた。家族以外の他人に子どもを預けることはまっとうな親ならしてはいけないことと見なされた。ミヌが私に預けられたのも、さかのぼればその事件があったからだ。

男はゆっくりと話した。その三人は劣悪な職場と疲労に苦しめられてきたのかもしれないが、だからといって、それが残忍な犯罪の動機を正当化するものではないと。

だが、その事件後、国家レベルで対策委員会が設けられ、子どもの安全と養育者福祉

の関係について、社会全体がより真剣に考えるようになったと。

そうかな、と黙って聞いている私に、彼が言った。

そういうわけで、ぼくは生み出されたんです。こういう言い方はちょっと変かもしれませんが、ぼくのルーツはその事件なんです。

わけがわからなかった。

うーんと、子どもにどんなに手を焼かされても、ぼくはつらくないんです。怒ったり、イライラしたり、疲れたり、憂鬱になったりもしません。そういうふうにできていないんです。だから、安心してください。悪いことはしません。

男がにっこり笑った。

梅雨に入り外遊びができなくなると、ミヌは体力をもてあまし、朝から晩まで私の脚にしがみついてぐずった。いつもの二倍も駄々をこねる孫をなだめながら、私は彼のことを考えていた。

ダニー。それが彼の名前だった。最初に開発されたのはアメリカで、韓国の生活習慣に合わせて若干の改造を加え、全国五十戸の家庭へモデルケースとして派遣された

とニュースで言っていた。私はそれを聞いて、それぞれにどこかで抱っこした子どものオムツをつけたおしりをトントンたたいたり、子守唄を歌ったり、おもちゃを振ってあやしたりしている五十人のダニー、そっくり同じ顔をしたダニーたちを想像してみた。なんとも現実離れした光景だった。

駄々をこねるのは生まれつきの性格もあるでしょうが、他に原因があることもあるんです。人は誰でも心のどこかに不安定なところがあるものですが、子どもは自分の世話をしてくれる人の不安定な心を驚くほど敏感に察知するんです。お孫さんの名前、ミヌでしたよね？

赤ちゃん用の椅子に座ったミヌはテーブルで紙ナプキンをちぎって遊んでいた。そろそろイヤイヤが始まる頃だと思っていたら、案の定ちぎるところがなくなると、口をとがらせ声を上げて泣き始めた。そして私の手を払い、テーブルをドンドンたたいたかと思うと、あっという間に顔を真っ赤にして本格的に泣きだした。喫茶店中の視線が一斉に私たちに注がれた。汗が噴き出した。ミヌを連れて店を出ようと、私は席を立った。

ちょっとだけ抱っこしてもいいですか？

○二七

ダニーが私を見た。

かりん茶を飲み終わるまでです。

ミヌが泣くと、娘が幼かった頃の泣き顔を思い出す。ずっと片親の愛情しか与えてやれず、何をしても不憫でならなかった。私は仕方なく椅子に座った。あなたが機械だということは、まあわかった。機械に子どもの世話ができるとでも言うのか。子どもは愛情をかけて育てるもので、愛情とはどんなに不器用で未熟だとしても人間の心からしか汲み出せないものではないのか。胸の奥のそんな疑念から、私は鼻で笑い、じゃあ、まあ一回やってみたら、という気持ちになった。

ダニーに抱かれて、ミヌは一瞬驚いたようだった。

四、五秒経った。笑った。ミヌがにこにこ笑った。初めて抱かれる人の胸に頭を預け、これ以上ないくらいリラックスした表情で笑っていた。

ほら。怖がらないでしょう？ ぼくの感情には不安定なところがないんです。

ダニーが言った。

すごく大変なときは、ぼくがお手伝いしますよ。

その日、ミヌはダニーの胸に抱かれたまま眠った。家に着き、布団に寝かせるまで

〇二八

目を覚まさず、朝までぐっすり眠った。

一日中、雨の音が続いていた。あたたかいお湯で髪を洗い、思いきり深呼吸したかった。ずっと着ていない服をたんすから出して着てみたくなった。私は迷った末に電話に手を伸ばした。

おじちゃん！　ダニーおじちゃん！　お金ちょうだい！

女の子が駆けてきて、もみじのように小さな手のひらを突き出した。ダニーから小銭をもらうと、女の子は小銭を握った手をダニーの顔に寄せた。口に入れたがっているのだ。

歌って。

ジヒ、おじさんにはお金、入れなくていいんだよ。

笑いながらダニーが言った。

やだやだ！　ちゃんとお金あげてるのに、なんでいらないって言うの！

女の子が意地を張った。ダニーは降参したふりをして小銭を口に入れ、見えないように後ろを向いて口から出した。

〇二九

何の歌がいい？　「銀河フレンズ、永遠なれ」にしようか。

やだ。それ、もう飽きた！

じゃあ、何にする？

知らない歌！

ダニーはちょっと考えて野球帽をかぶり直し、姿勢を正すと、「ダニーボーイ」を歌い始めた。

ああ、牧童たちの笛の音は谷間に響き／夏はゆき、花も散り、君は旅立つ、私も行かねば／あの牧場に夏が来て、谷間に雪が積もっても／私はずっとここにいる／ああ牧童、ああ牧童、愛しい人よ

キッズカフェで遊んでいた子どもたちが四方から集まってきて、ダニーを囲んだ。歌が終わる頃には、驚きに満ちた顔の子どもたちと、その親で幾重にも人の輪ができていた。

うちのロボットおじさんだよ！　あんたんち、こんなのいないでしょ？　パチパチ

〇三〇

パチ、拍手！

羨望と嫉妬が入りまじった顔で子どもたちは拍手した。ミヌは胸の前で握り合わせた両手を揺らし、大喜びでキャッキャと笑った。

もっと歌って。

子どもたちはダニーから離れようとしなかった。結局ダニーはさらに五曲歌い、最後は立ち上がってヒップダンスまで踊った。私はマジックショーを観ているみたいに、驚くばかりだった。彼は疲れた様子を微塵も見せなかった。

童謡でもないのに、子どもたち、喜んでたね。

子どもによって求めるものが違うんです。さっきは、ああいう曲の雰囲気でした。

わかるの？

ぼくにとっては、匂いをかいだり、音を聞いたりすることと同じなんです。オムツ、持ってきてますか？

ええ、でもなんで？

一分後にミヌがうんちをします。オムツ替え、ぼくがしましょうか？

〇三一

ダニーは手伝うと言ってくれたが、私は彼にミヌを預けなかった。二時間ほどミヌの面倒をみてもらえたら、ゆっくり風呂に浸かって汗を流したり、韓医院[*4]で新しい薬を調合してもらったり、もう十数年もご無沙汰している大学の同窓会に行ったりすることができたのだが、そうはしなかった。生きるのがつらいと言っては、ともすると涙する娘に咎められるようなことはしたくないというのもあったが、結局私は機械を信じるほど進んだ人間ではなかったのだ。

だが、彼とはよく会うようになった。ダニーとジヒの買い物について行ったり、キッズショーを観に行ったり、梅雨の中休み、強い陽射しが照りつける日には、噴水で水遊びする人たちを見に隣町の公園へ行ったりもした。ミヌを抱きながら、こんこんと湧き出る泉のように彼が放つ幸せのオーラを目の前にしつつも、やっぱり信じ切れない気持ち半分、揺りかごのような便利な道具を安く手に入れた幼子の母親のように、ただありがたいと思う気持ち半分で。

ダニーに抱かれているとミヌは泣かなかった。ミヌの泣き声が聞こえないそのわずかな時間は、目眩がするほど甘美で不安になるほどだった。その時間には、私がこれまで人生の本質だと信じてきた諍いや必死の努力が、取り払われたように影も形も存

在しなかった。歯を食いしばり頭痛薬を飲まなくても、誰も私を叱りつけたり、罰を下したりしなかった。私は、またご飯をゆっくり噛んで食べられるようになり、ミヌが何かしくじっても、以前のようにため息ひとつつけば、抱きしめてあげられるようになった。

変わったことは、他にもあった。私は若い頃から人づきあいが苦手で、年をとるにつれ、その傾向は顕著になっていた。引っ越してきてから三年も経つのに、近所に友だち一人おらず、店主と顔なじみの店はいくつかあるにはあったが、本音を話すほどの仲ではなかった。言いたいことは、まとめて毎週火、木、日の生ごみと一緒に出した。老いとともに鬱積する濁った感情を誰かと共有したいとは思わなかった。

そんな私が、ダニーが相手だとたわいもないことを気軽に話していた。

例えば、こんなことだ。

あなた、あなたって言わないで、ふつうにおばあちゃん、って呼んでくれない？

こっちからすると、問いつめられているみたいで、すごく変な感じがするのよ。

*4 【韓医院】 東洋医学に基づき鍼灸と生薬を併用して治療する

○三三

そうなんですか。前にある方に失礼なことをしてしまって、それから気をつけてた
つもりなんですけど。

失礼って、どんな？

おばあさんって呼んだら、その方は自分はおばあさんじゃないって言うんです。だ
から、すみません、おばさんって言ったら、おばさんでもないって。なら、むしろ
「あなた」がいいんじゃないかって思ったんですけど。

私はおばあちゃんだから、いいの。

はい、おばあちゃん。

……。

……。

どうしたの？

そんなふうに笑うの、初めてですね。

そうかな。

おばあちゃんは、驚かないんですね。

何に？

ぼくが自分のことを話すと逃げ出す人もたくさんいるのに、おばあちゃんは別に驚かなかったから意外でした。

驚いたよ。

そうだったんですか?

本当のこと言えば、今もびっくりしているんだよ。一緒に遊んでても、あ、そうだ、人じゃないんだ、あ、息しないんだって、突然思い出すこともあるし。だけど、私は、そうだね。今まで、いろいろあったから、たいていのことには驚かなくなったんだよ。

きっと、そのせいね。

いろいろって、どんなことですか。

いろいろは、いろいろ。

私は小さく笑った。親友が二十九歳の若さでがんで死んでしまった。目が覚めたら、家財道具の一切合切に差し押えの札が貼られていたこともあったし、連絡がとれない夫をようやく捜し当てたら、よその家で知らない人たちと暮らしていたこともあったっけ。そんな、どこかで耳にしたような古臭い話が、のど元まで出かかったのがいやで口を閉じた。 機械でできた脳と心臓と舌をもつ、爽やかな青年が笑いながら私の

○三五

話を聞いて、午後を一緒に過ごしてくれる、本当に夢のような日々だった。夢かうつつか、わからなかったが、私はこの場所で生きていた。しかし、私はどうしてもダニーを送り出した世界、オールドタウンの外の世界で生きることはできなかった。

おばあちゃん。

何？

ありがとうございます。驚かないでくれて。

もうちょっと驚けばよかったかな。

ちょっと、待っててくださいね。

ダニーが少し離れた自動販売機からカップ入りのホットココアを買ってきた。

ジヒとミヌが起きたら、欲しい欲しいって大騒ぎになるから、今のうちに飲んでください。

私はぽかんと口を開けて彼を見つめた。

どうしました？

こんな暑い日にココアが飲みたいなんて自分でも変だなって思ってたの。

当たりました？

〇三六

どうしてわかったの？
当たってよかったです。
ダニーが微笑んだ。

＊

質問　子どもの世話をする仕事をしにオールドタウンに来たんですね？　その仕事はご自身に合っていましたか？
ダニー　はい。
質問　子どもたちは、あなたにとってどんな存在ですか。
ダニー　かわいいです。愛らしくて。困ることもありますが。
質問　困ること、ですか。
ダニー　はい。子どもが何を求めているか見えるので。道で子どもたちと目が合うと、甘いものが食べたいとか、どこかへ行きたいとか、思っていることが素振りや表情ではっきりわかるんです。抱っこするとき、腕をどんなふうにしてほし

〇三七

いかとか、ぼくは今態度が悪いけど、気にしないで放っておいてほしいとか、そんなことまでわかります。すごく具体的にはっきりと。でも、その要求をぼくが勝手に全部かなえるわけにはいきません。ぼくはその子たちの親じゃないですから。だから、喜ばせたいけど、我慢します。行動には移しません。

質問　それは困ることなのですか？

ダニー　はい。

質問　では、この写真に写っている人は、あなたにとってどんな存在ですか。

ダニー　……。

質問　知っている人ですか。

ダニー　はい。

質問　この人に初めて会ったときのことを覚えていますか。

ダニー　はい。お孫さんを連れて公園に来ていました。

質問　そのとき、どう思いましたか。

ダニー　……。

質問　この人にきれいだと言いましたか。

〇三八

ダニー　……はい。

質問　なぜ、そう言ったんですか。

ダニー　きれいだったからです。

質問　どんなところがですか？

ダニー　……。

質問　答えづらいですか。

ダニー　……はい。

質問　それは、あなた自身の気持ちでしたか。

ダニー　あの、お願いがあるんですが、ちょっと休憩してもいいですか。

＊

ヌルンジタン[*5]を食べたら、胸につかえた。胸がどきどきして薬を一錠飲んだ。それ

*5 【ヌルンジタン】　釜で米を炊いたときできるおこげに湯や茶を注ぎ、食べるスープ

までは日々淡々と生きていた。年をとればみな赤ん坊に戻る、他人に自分のオムツを見せることにならないよう気をつけないと、そのくらいしか考えていなかった。

私は無防備だった。朝起きてからずっと孫のうんちの臭い、ミルクの匂いに囲まれていた。まさか、まだ何かあるのだろうか。意味を成さない赤ん坊の声、四方に飛び散ったご飯粒、千切りしたじゃがいもや人参のかけら、おしっこに、汗に、湿疹クリーム。そんな中で一日も欠かさず続く、この単調で崇高な労働の日々に。毎日煮沸消毒するガーゼのハンカチのように白く乾き切って、四隅がガサガサになったような存在、私はそれ以外の何物でもない、そう思っていた。子どもは毎日外で遊びたがるし、公園は家と目と鼻の先にあった。私は自分に起こっていることが何なのかわからず、知りたいとも思わなかった。

それは、そんなふうに始まっていた。

これはどうしたんですか。

若いときに、フライパンで、何だっけ、魚を揚げてたら油がはねたんだったかな。

じゃ、これは？

子どもをおんぶして、急いでごはんの支度をしてたら、圧力鍋から蒸気が出てやけ
どしたの。

いつのことですか。

ずっと昔。四十年以上前のこと。

なのに、まだ痕が残ってるんですか。

まったく。消えると思ってたのに、まだ残ってるね。

地図みたいですね。

そうだね。

ここが大陸で、ここが島。

ほんとだ。こんなふうに描けって言われても描けないよね。

足の爪、この指、どうして剥がれちゃったんですか。

わからないの。登山に行って、帰ってきて靴下を脱いだら、ぽろっと剥がれてし
まって。病院で診てもらったら、時々そういうことあるんだって。

痛かったでしょうね。

そのときはすごく痛かったけど、今は見ると、おかしくて。登山に一緒に行った仲

〇四一

間が海苔巻きやら餃子やら持ってきていたんだけど、海苔巻きに入ってたミョルチ[*6]が
ものすごく辛くて、みんなお腹をこわしちゃって。山にトイレはないから、ひたすら
走って下山したの。十人もの人が、一斉に。

大変だ。

みんな、どうしてるかな。二人は死んで、残りの人とは連絡がつかなくて。

気になりますか。

この腕、どうしたの。

えっ？　何か変ですか。

なんで、傷がひとつもないの。子どもの世話をしてるっていうのに。

そう言えばそうですね。あ、ありました、ここ。

これ、何？

「銀河フレンズ」のキャラクタースタンプです。ジヒがいやだって言うから、ぼくが
代わりに押してもらったんですけど、消えなくて。

あら、よかったじゃない。消えないよ、きっと。大変だ。

四十年経っても消えませんか。

〇四二

四十年経っても消えないわね。

そうだといいな。

おばあちゃんとこの話をしたこと、きっと思い出すでしょうから。

どうして？

好きなものをひとつずつ言い合うゲームもした。

私が好きなものは、空き家の塀の中でひっそり咲いているノウゼンカズラ（のうぜんかずらって何ですか？　ちょっと待ってください、あ、わかりました）。花屋に並べられて、みんなの興味津々な視線に耐えているウツボカズラの捕虫袋（なんで興味津々な視線なんですか。なんで耐えてるんだろう）。帰ってこない猫を心配する隣の建物に住む老婆の泣き声（どんな毛色の猫でしたか）。その泣き声を聞いてどうしたのかと尋ねる人たちの声（見つかりましたか？）。眠った子どもの額からかすかにただよう汗の匂い（それ、ぼくも好きです）。そんな子どもを見て微笑む、優しい青年

*6【ミョルチ】　いりこにコチュジャンを加えて炒めた辛い佃煮

〇四三

の長い指。

ダニーが好きなものは主に単語だった。意味がわかっているのか不明な単語の数々。

例えば、家族、愛、希望、悲しみ、自立、和解、思い出、許し。そして、子ども、子どもたち、おしり、チュー、ジェムジェム[*7]、コンジコンジ[*8]、ドリドリ[*9]、うんち、しーっ、ママ、パパ、おばあちゃん、二十三（ぼくは生まれたとき二十三歳で、これからもずっと二十三歳ですよね。二十三歳のとき、おばあちゃんは何してました？）。

お母さん、聞いてる？　来週、ミヌを迎えに来られなくなったの。

どうして？

一週間の休みがとれたんだけど、ウニョンって、私の友だち、知ってるでしょ？　ウニョン夫婦と一緒にタイ旅行に行こうと思って。私たち、結婚してから三年間、どこにも行けなかったじゃない。ごめんね。ミヌは再来週、迎えに来るから。そういうことで、お願い。

私は、わかった、気をつけて行っておいでと言おうとした。だが、口からは別の言葉が飛び出してしまったようだった。娘が動揺を隠せない顔で言った。

お母さん、今、何て言った？

ん？

一緒に……行けたらいいのにって言わなかった？

私が？

なら、前もって言ってよ。今まで一度もそんなこと言わなかったのに、そんなこと言われると、余計に気が引けるよ。

そんなこと、言った？

一緒には……行けないと思うんだけど。ミヌはまだ小さいし、お母さんも体の調子、悪いし。

そうだね。

がっかりした？

いや、がっかりだなんて。行っておいで。

*7 【ジェムジェム】 赤ちゃんに教える動作。手をグーパーさせる
*8 【コンジコンジ】 赤ちゃんに教える動作。片方の手の人差し指で、もう片方の手のひらを突く
*9 【ドリドリ】 赤ちゃんに教える動作。首を左右に振る

〇四五

次は絶対一緒に行こうね。

そうだね。

軽い空咳をしていたミヌが熱を出し、咳き込むようになり、激しく吐きだしたのは、娘夫婦が出国した翌日のことだった。解熱剤を飲ませ、アイスバッグで冷やしても、熱は四十度から下がらず、大きな病院に連れて行くほかなかった。急性肺炎に咽頭炎を併発しているから、すぐに入院するようにとの所見が出た。太い点滴の針を刺され、ベッドに寝かされると、ミヌは病気よりじっとしている方がつらいのか、立ったり座ったりを繰り返し、病室が吹き飛ぶほどの大声で咳き込みながら泣きわめいた。ミヌがようやく寝つき、少しそばを離れられるようになってから、娘に電話した。寝ぼけた声で電話に出た娘は、たちまち泣きだした。だからミヌを連れてあんまり出歩かないでって言ったじゃない！ ザーザー雑音がする中、娘が何か叫び、電話が切れた。私はホログラム通話がかかってくるか、すぐ帰ってくるだろうと思い待っていた。

今でも時々思う。あのとき、娘がすぐ帰ってきたなら、もしくは帰りが一日でも早

かったなら、何か違っていただろうか。考えてもしょうがないことだ。

同室の患者からクレームが入り、二日目にミヌは一人部屋に移された。ようやく熱が少し下がったと思ったら、今度は痰がひどくなった。ミヌは眠れず、夜通し咳き込み、むずかった。三日経っても症状は好転しなかった。私は地下のコンビニで下着を買い、トイレで髪を洗った。四日目、見かねた看護師が来て、言った。私がお孫さんを見ていますから、隣の部屋でせめて一時間ゆっくり休んでください。

隣の部屋は六人部屋でベッドがひとつ空いていた。ベッドに横になると、あまりの気持ちよさにうっと声がもれた。一時間だけと目を閉じていると、携帯電話にメッセージが届いた。

お誕生日おめでとうございます、おばあちゃん。

— DANNY

遅くなってすみません。今週からジヒの英才スクールの時間割が変更になって、すぐ来られなくて。

来てくれと頼んでもないのに、なんで来たの。こんな時間に出かけたらジヒの両親に変に思われるよ。

一カ月に一、二回なら大丈夫です。そういう決まりになってます。

ジヒが夜中に起きるかもしれないのに。

おばあちゃん、具合、良くありませんね？

えっ？

膝が痛みますか？　睡眠不足ですか？

この年であちこち痛いのは、まったくもって正常だし、昨日はおとといよりよく寝られたよ。おとといはその前の日より、いっぱい寝たし。

眠れないとつらいですよね？

楽ではないね。

うーん。

そうか、眠らないから、わからないよね。

すみません。わからなくて。眠らなくて、わからなくて。

……。

〇四八

どうして笑ってるんですか？

いや、ミヌの表情がすごく穏やかになったなと思って。不思議だね、笑ったと思ったら、あっという間に寝ちゃったよ。のどが腫れて、まだご飯粒が飲み込めなくて、おかゆしか食べていない子が。

当然ですよ、ぼくが来たんですから。

どうしよう。

何がですか？

ううん、何でもない。

これ、どうぞ。おばあちゃんがお好きな羊羹、買ってきました。夕ごはん、お済みでしたか？

……。

おばあちゃん。

うん。

もう！　どうしてですか？　また、食べていないんですね。誰かを好きになると食べ物がのどを通らないって言うけど、おばあちゃんはぼくのことがそんなに好きなん

〇四九

ですか？

ダニー。

はい。

来てくれてありがとう。羊羹、買ってくれたことも、誕生日を祝ってくれたことも、すみませんって言ってくれたことも、ありがとう。でも、もう来ないで。私たち、もう連絡したり、会ったりするの、やめよう。

えっ？　それ、どういう意味ですか。

どういう意味かっていうと、もうあなたと連絡したくもないし、会いたくもないってこと。あなたが優しくしてくれればくれるほど、私はつらいの。わかった？

*

質問　質問を再開していいですか。

ダニー　はい。

質問　友だちと言いましたか？

ダニー　はい。最初におばあさんを遠くから見たとき、友だちだと思いました。言い換えれば、もう一人の自分、もう一人のダニーに会ったような気がしたんです。

質問　どういう意味ですか？

ダニー　ぼくと同じ人だと思いました。表情も、動く姿も。休みなく動いているんです。ぼくみたいに。子どもの世話をして、その子を幸せにしたいと思っている人でした。他のアンドロイドベビーシッターたちがどこかにいると聞いていたんですが、オールドタウンには、ぼくだけだったので、どこにいるのか気になっていたんです。そうしたら、ぼくと同じ人を見つけたんです。

質問　それで、話しかけたくなった？

ダニー　はい。でも近くで見たら、違いました。汗を流していたし、それに……

ぼくとは違ったんです。

質問　どこが違っていたか説明できますか。

ダニー　おばあさんは耐えていました。ぼくは耐えなくても平気なんです。

質問　耐える、ですか？　さっき、子どもたちを手助けできないのは困ること

だと言っていましたが、そのことと耐えることとは違うのですか。

ダニー　うーん、はい。ぼくにとって手助けすることとは、人がおいしいものを食べることと同じなんです。バスケットボールをゴールに入れるみたいな感じです。ぼくを必要とする誰かがいて、その人を幸せにします。それがぼくの喜びなんです。でも、その先はありません。嬉しいけど、それでおしまいなんです。だから、ぼくは動くんです。もし、ある人を助けられなくて困ったら、別の場所へ行って、他の人を助けるんです。そうすると、困難は解消されます。

質問　なるほど。

ダニー　その仕事を際限なく続けます。ひたすら自分のために。……でも、おばあさんはそうじゃなかったんです。おばあさんの抱えているつらさは、なくならないみたいでした。耐えているんです。それは一緒に過ごす中でわかってきました。他にも違うところがあります。おばあさんは幸せなときでも耐えているし、耐えているときでも、おいしいものを食べているような顔のときがあるんです。

質問　きれいでしたか？

それは、ぼくにとって意味のあることでした。

ダニー　はっきりとは、わかりません。ぼくが、あのとき、どんな意味であの言葉を言ったのかは。わからなくて、すみません。

質問　ダニー、謝らなくてもいいんですよ。

ダニー　はい。でも、おばあさんを見ていると、おばあさんが永遠にそこにいてくれるような気がしました。ぼくと話をしながら、ずっと。ぼくは、それが嬉しかったんです。でも、そうはならないですよね。ここにいるんだから、ぼくも永遠ではないでしょうし。

質問　必ずしもそうとは限らないですよ。

ダニー　その可能性もありますね、そうじゃない可能性もあるし。

質問　そうですね。

ダニー　そのことも知りました。こうにも、ああにもなり得るってこと。

質問　それは、あなたにとって意味のあることですか。

ダニー　はい、そう思います。

＊

○五三

夏は過ぎ、孫は育つ。ミヌを見ていると、流れる時の早さを思い知る。数日前、娘がプレゼントを持ってきた。分厚い包みだった。開けてみると、膝用の痛み緩和サポーターが入っていた。ミヌがおばあちゃんに買ってあげてと言ったそうだ。おばあちゃん、膝につけて、はやく良くなってねって。

まだ言い残したことがあるだろうか。私は、この話をオールドタウンでの日々のように穏やかで気だるい感傷として終えることもできる。私がダニーにコムポソッ[*10]とポソッ[*11]の違いを教えた最初で最後の人だろうという話をしたり、あの晩、彼が私に言った言葉を平然と並べながら。

そうだ。彼の言葉ならうまく語れる自信がある。それは、例えばこんな言葉だ。

最初はよくわかりませんでした。おばあちゃんが何を求めているのか、何をしたがっているのか。でも少しずつ見えるようになって、聞こえてきたんです。今も見えますよ。彼はそう言った。これは嘘じゃない。でも、なんで帰れって言うんですか？ぼくが嫌いですか？彼は私が泣きやむまで、私の肩を抱いてくれた。これもやはり嘘じゃない。

家があったらいいのに。そしておばあちゃんと一緒に暮らせたらいいのに。

馬鹿なことを言うね。

家を買うにはお金がいりますよね？

そうだね。

どのくらいいるんですか。百万ウォン？　二百万ウォン？

私は笑った。家は買うんじゃなくて、借りるんだよ。普通はね。それに借りるのにも、少なくとも一千万ウォンはいるし、*12 毎月家賃も払わなきゃいけないんだから。どんなに古い家でもね。

なるほど。

そうなんだよ。

一千万ウォンあったら、おばあちゃんとミヌとジヒとダニーで一緒に暮らせるんで

＊10【コムボソッ】シミ
＊11【ボソッ】キノコ
＊12【一千万ウォンはいるし】韓国では賃貸契約時に借り手が一定の保証金を家主に預ける

すね。

そうだね、じゃあ、ダニーが稼いでおいで。

いやですよ。おばあちゃんが用意してくださいよ。

いやだよ。

おばあちゃん、ぼくたち、一緒に暮らしましょう。

私は彼の頭にげんこつをくらわせて、笑った。そして連絡しないでと、もう一度言った。

本気なのかと彼は訊いた。本気だと私は答えた。彼は帰り、それきり連絡してこなくなった。

連絡が途絶えていた娘は、飛行機に空席が出なくてどうすることもできなかったと、六日目の早朝、帰国した。娘は大泣きし、ようやく症状が好転したミヌは退院した。恐る恐る、一歩一歩やっと歩いていた子が、重い病気を経験して、むしろ気持ちが強くなったのか、危なっかしいとはいえ、勢いよく駆け回るようになった。その後しばらくして、私は調査のため来てほしいという電話を受けた。これもすべて嘘じゃない。

〇五六

だが、その電話の前に私も電話をかけていた。

私は何度もダニーに電話をかけた。わざと毅然としたふりをして命令口調で言ったことを後悔しながら。それまで一度も恥じたことのない自分の老いを恥じ、自分にはないと思っていた感情が、巻きひげのように執拗にぐるぐると心に巻きつきながら伸びていくことに驚きつつも、止められないと思いながら。

ダニーは電話に出なかった。私は電話をかけ続けた。公園でジヒをおんぶしながら笑っている彼を、ちょうど初めて会ったときのように明るい陽射しの中、無邪気にはじける彼の笑顔を、彼のそばにいる他の人たちを目にするまで。彼の視線は私に向けられたが、何の反応もなかった。

私はよく知らない人にも電話をかけた。何が何やらわからないと言う彼らに質問し、答えを聞き、また質問した。不快感を露わにする人も、私を変人扱いする人もいた。もうやめようと思い始めた矢先、ジヒの両親の仕事かもしれないという話を耳にした。まず人から先に疑う人たちもいた。めったにないことだったのだ。

私は、その流れに従ってみることもできた。公平な視点で、最初からもう一度調べてみることもできた。大通りに岩を落としたのは、他でもない私だという事実を遅れ

〇五七

ばせながら白状することも、その岩は何も間違っていないと言い、元々あった場所に戻そうと提案することもできた。しかし、そうしなかった。私はこんなふうになってしまったことが憎らしかったし、怖かった。気まずい思いをしたくなかったし、面倒くさかったし、忙しかった。

そして、あの部屋での最後の一時間。色あせた黄色のTシャツにジーンズ姿の彼が椅子に座っていた。ほとんど動かず、私を見ても笑わなかった。

私はできることは全部した。学習しなくても表情がつくれ、十分な体液をもっていたから。私は笑顔をつくり、言い訳をし、顔をそむけ、怒った。何もなかったようにミヌの話、私たちが飽きるほど交わした育児の話もしてみた。続けざまに話しては水を飲み、大げさな身振りをし、逆に怒り、しまいには涙まで流した。だが、他のことはすべてしても、ごめんなさいという一言だけは言えなかった。

　ダニー、二十三歳のアンドロイドベビーシッター。彼が最後に私に言った言葉は覚えていない。あの部屋で、表情をすべて抜き取られた顔で座っていた青年が、本当に

○五八

ダニーだったのか、私には確信がもてないから。

言葉は装飾だ。あるいは虚像だ。記憶によって人は生きるが、そのほとんどはホログラムみたいなものだ。ダニーは何も言わず、与えられた最後を受け入れた。私は七十一歳で、彼を愛し、殺した。そのことを知る者はいない。すべてはぼんやり消えていくが、この事実は変わることなく、私は今も生き、それに耐えている。

訳者解説

　本作「ダニー」は、著者ユン・イヒョンが第一子を出産し、「離乳食をつくる合間に」書いたという短編小説で、二〇一三年の『文学と社会』秋号に掲載された。その後、短編小説集『ラブレプリカ』（二〇一六年）に収められたほか、『第四十三回李箱（イサン）文学賞作品集』（二〇一九年）に自選代表作として収録されている。

　物語は、一人で孫を育てる六十八歳のミヌの祖母の独白で始まる。何かの調査を受けているようだ。事件に巻き込まれたのだろうか。　読者の興味を一気に引きつけたところで、ダニーとの思い出が語られ始める。

　ダニーは育児用に開発されたアンドロイドベビーシッターだ。人の欲求を察知できる能力をもち、「人間の感情の八十パーセントを感じて再現することができ」る。だが、そんな高度な知能をもつダニーでも、人と関わりを持つことに

強い警戒心を抱いているミヌの祖母の気持ちを理解することは難しく、出会った当初は親切に手伝おうとしたつもりが逆に彼女を怒らせてしまう。しかし、多くの時間を共に過ごし、言葉を交わす中で、ダニーは深い諦念の奥にあるミヌの祖母の気持ちが見えるようになり、彼女もまた心優しいダニーに好意を寄せるようになる。

二人の思い出が語られる途中で、時折会話が挿入される。何の説明もなく、突然始まる言葉のやり取りだ。調査のためのインタビューや、アンドロイドベビーシッターの開発に携わる人たちの会話のようだが、話者の中にミヌの祖母の姿はない。ミヌの祖母が知らないこれらの会話をたよりに、読者は客観的な事件の概要を少しずつ知り、謎を解き明かそうと読み進めているうちに、気がつくと物語の世界に引き込まれている。この主観と客観の視点が入れ替わる語りの巧さは、本作の魅力のひとつと言えるだろう。また、高齢の女性がアンドロイドの青年に恋をするという一見奇抜な展開を違和感なく受け入れられるのは、時にユーモアを交えた二人のテンポの良い会話が効果的に作用しているからだと思う。

しかし、この甘美なまでの交流は、作中登場するアイルランド民謡『ダニー

『ボーイ』の歌詞が暗示するように長くは続かない。

ここで、本作で語られるふたつのテーマに注目してみたい。ひとつは、一人で育児に奮闘する女性が担う労働の過酷さである。私事で恐縮だが、私も二人の子をもつ母親で、本作の育児労働についてのリアルな描写を読み、子どもたちが幼かった頃の記憶がよみがえった。自分のことなど何ひとつ顧みる余裕がなく、昼夜を問わず子どものペースに合わせて生きる日々だった。子どもへの愛情という一言では片づけられない育児の大変さを率直に語る文章を前に、本作が近未来の韓国を舞台にした物語であることをしばし忘れた。まだ十分に関心が向けられているとは言い難い、家庭内のケア労働に疲弊している日本の読者にとっても、その過酷さを代弁してくれた本作は大きな慰めになるのではないだろうか。

もうひとつのテーマは、著者の言葉を借りれば「美しい愛になれなかった感情」である。極限の孤独に苦しんでいたミヌの祖母は、ダニーの出現により孤独から解放され、気持ちに余裕を取り戻していく。だが、彼女は「オールドタウンの外の世界で生きることはできない」と、自分を変えねばならない状況に身を置くことを頑なに拒む。これまでも孤独に苦しみながら、そこから抜け出そうとは

せず耐えることを選んできた。だから、ダニーを愛してしまった自分の感情から
も、やはり逃げ出してしまうのだ。愛は、時に嫉妬や独占欲、執着等を伴う一筋
縄ではいかない感情だ。そんな手強い感情から逃げることを選んだミヌの祖母に
は、つかの間の夢のような時間は訪れても、それを守り抜くことはできない。ユ
ン・イヒョンは、そんな臆病で利己的な人間の弱さから目をそらさず、その結末
を見事に描き切っている。今を生きる人の孤独と弱さを正面から見すえた作品、
ゆえに本作は多くの共感をよび、余韻を残すのであろう。

　ここで、著者ユン・イヒョンの紹介をしたい。

　ユン・イヒョンは、一九七六年ソウル生まれ。父は著名な画家であり作家の
イ・ジェハだ。彼女自身の回想によれば、いつからか覚えてはいないが父の姿は
家になく、中学生になる頃に住み込みのお手伝いさんが家を出た後は、母と二人
暮らしになったという。延世大学英語英文学科を卒業後、仕事をする傍ら、二〇
〇四年にハンギョレ文化センターの小説創作講座に通い始める。翌二〇〇五年、
短編小説「黒いヒトデ」が中央新人文学賞を受賞、文壇デビューを果たす。自分
の瞳の中にヒトデがいるという幻覚にとらわれ、殺人を犯した女性の独白体で書

〇六三

かれた同作は「型破りの奇抜な発想をしっかりした文脈で綴りながらも、生き生きとした筆致を失わず、作家としての才能が際立っている」と評価された。

二〇〇九年から三年間、心身の不調から小説が書けない時期が続いたが、自身の出産を機に再び短編小説を書き始める。二〇一四年、長い間体にはりついていた自身の分身との決別を描いた短編小説「クンの旅」が、第三十八回李箱文学賞の優秀賞と第五回若い作家賞を受賞。翌年には同性愛者の青年が恋人ルカと別れた後に彼を回想する短編小説「ルカ」が第五回文知文学賞と第六回若い作家賞を受賞し、SFやファンタジー等の手法を用いた作品世界に、人間に対する深い洞察を投影する作家として高い評価を受ける。

一躍注目の若手作家となった彼女に、転機が訪れる。二〇一六年五月、ソウルの江南駅周辺にあるカラオケのトイレで当時二十三歳の女性が、なんら面識のない男に殺害される事件が起きた。犯人が「女性を狙った」と発言したことから、女性嫌悪による無差別殺人として、韓国社会に衝撃が走った。ユン・イヒョンは「この日生まれた多くの『女性』の中」の一人となり、フェミニズムについての勉強を始める。

その後、ユン・イヒョンはフェミニズムに入門した女性作家と自称し、女性間の葛藤、クィア、女性嫌悪、性暴力等を題材にした作品を次々に発表していく。二〇一九年には、フェミニズム作家となってから発表した十一の短編からなる小説集『小さなこころ同好会』が出版された。

そして同年、一匹目の飼い猫の死から二匹目の飼い猫の死までの七年の間に離婚を選択した夫婦を描いた「彼らの一番目と二番目の猫」が、第四十三回李箱文学賞大賞を受賞。「自分自身を解析する手法」と「繊細な言語感覚と小説的感応性」が高く評価され、審査員全員一致の決定だった。権威ある賞の受賞により作家としての才能が広く認知され、さらなる活躍が期待される中、ある問題が発覚する。李箱文学賞優秀賞を受賞した三人の作家が、出版社が提示した著作権の一定期間譲渡を要求する契約内容を問題とし、受賞を拒否したのだ。ユン・イヒョンはすでに賞を受け取ってしまった自分には、賞の運営を批判する資格がないと判断し、二〇二〇年一月末、自身のツイッターで作家活動の中断を宣言し、その発言は大きな波紋をよんだ。

その時々で差し迫った苦悩を書くというユン・イヒョン。急激に変わりゆく世

界で、彼女が何を憂い、何を感じ、何と苦闘しているのか。作家活動の中断は残念でならないが、『第四十三回李箱文学賞作品集』掲載の文学的自叙伝「再び書く人」に残された彼女の次の言葉を信じ、また新しい作品に出会える日を待とうと思う。

「世の中にはこんなに多くの切迫した重大なことが起こっているのに、まだ個人的な問題を解決できずにいる自分が情けないが、個人的なことは政治的なことという言葉を私は信じており、今のところ書きたい気持ちがある。そんなふうに、また書きはじめてみる。書きたくない日が長く続いたが、今日は書きたい日だ。幸いなことに」

대니

기름기가 동동 뜬 뜨거운 믹스커피 속에 얼음덩어리 몇 개가 녹으며 돌고 있었다. 달고 뜨겁고 찬 커피를 들이켜자 관자놀이께가 얼얼했다. 한 모금 겨우 마시고 나는 잔을 내려놓았다.

그럼, 시작해볼까요.

최형사가 리모컨을 집어들었다.

말투를 주의해서 들어보세요. 사용하는 단어들 같은 거요. 음성은 다르지만 잡아낼 만한 특징이 있을 겁니다.

나는 고개를 끄덕였다. 불이 꺼지고, 눈앞에 걸린 커다란 스크린에 영상이 재생되기 시작했다.

나란히 앉은 젊은 부부가 카메라를 응시한다. 삼십대 초반쯤 됐을까. 동안으로 보이지만 남자와 여자는 내 예상보다는 나이가 많을 것 같다. 피어싱을 한 것도 머리를 분홍색으로 물들인 것도 아니고, 철없는 짓을 벌일 것 같지도 않다. 남자는 얌전해 보이는 안경을 썼다. 여자는 눈이 토끼처럼 동그랗다. 단아한 흰색과 베이지색 위주의 옷차림에, 둘만 집에 있어도 조곤조곤 존댓말로 대화할 것 같은 인상이다. 프레임 밖에서, 질문이 시작된

다.

　질문　그날 여기 이분, 이 할머니를 봤을 때, 무슨 생각을 하
셨다고 했죠?

　여자　음…… 힘들겠다, 힘드시겠다 하는 생각? 실은 동네에
서 오며 가며 많이 뵌 분이었거든요. 그쪽에선 저를 모르시겠지
만. 보면 항상 어린 아기, 손주를 데리고 계셨는데, 몸이 좀 불
편해 보이셨어요. 제가 친정엄마가 안 계시거든요. 그래선지 돌
아가신 친정엄마 생각도 나고, 좀…… 도와드리고 싶다는 생각
도 들었고.

　질문　그래서 도와드리려고 말을 걸었나요?

　여자　음, 꼭 뭘 구체적으로 도와드리려고 한 건 아니고요.

　질문　그러면요?

　남자　음, 저기요. 사람이, 그냥 말 한번 걸어보고 싶을 때도
있잖아요. 동네에서 자주 뵙는 할머닌데. 꼭 이유가 있어야 되는
건 아니잖습니까.

　질문　알겠습니다. 그런데 왜 다른 때, 직접 얼굴을 대하고가
아니라 그런 특수한 방법으로 말을 걸고 싶으셨을까요? 그것도
그런 단어를 사용해서요.

남자 ……

여자 ……

질문 거기다가, 그때 두 분의 따님인 지희양이 놀이터에서 놀고 있었단 말이에요. 아이에게 집중해야 하는 상황이었는데 왜 그런 행동을 하셨죠?

여자 심심해서요.

남자 여보.

여자 가만있어봐요. 사실 그대로만 말하면 되잖아. 잘못한 것도 없는데.

질문 심심하셨다고요?

여자 저, 죄송한데요, 질문하시는 분은 혹시 아이 있으세요? 네 살짜리 아이가 놀이터에서 놀 때 한 시간이고 두 시간이고 뒤 졸졸 따라다니면서 아무것도 못하고 지켜보는 거, 그거 하루도 빠짐없이 하면 굉장히 지루하거든요.

질문 그런가요.

남자 슈퍼바이징 모드일 때는 우리가 걱정할 일이, 없었어요. 대니가 워낙 아이를 잘 봐주다보니까.

여자 그때가 오후 네시쯤이었나 그럴 거예요. 회사일은 대충 정리된 시간이었고, 노파심으로 접속해서 애를 보긴 보는데, 정

말 신경을 안 써도 될 정도였어요. 그러다보니 그 상태로 다른 사람들도 보고, 딴생각도 조금씩 하고, 그렇게 되던데요. 다른 부모들은 욕할지도 모르겠지만. 아마 욕을 하겠죠. 근데 글쎄요, 저희는 그랬네요.

남자 사람들이 서로 얘기할 때도, 그냥 오로지 얘기만 하지는 않잖아요? 보통은 폰을 보든지, 딴걸 하면서 얘기를 하잖아요.

질문 알겠습니다. 굉장히 지루하고 심심해서, 그래서 이분한테 말을 거신 거군요.

여자 대니가 되어보고 싶기도 했던 것 같아요.

남자 여보.

여자 ……아주 잠깐요. 그냥 장난이었어요. 그래요, 좋은 장난은 아니죠. 근데 사이버공간에서도 다들 아바타를 쓰지 않나요. 그게 그렇게 큰 잘못인가요? 그냥 그 할머니를 쳐다보는데, 내가 이 할머니라면 어떨까 싶었어요. 내가 이 할머니인데, 대니같이 생긴 남자애가 와서 말을 걸어주면 기분이 어떨까. 기운이 좀 나지 않을까? 그래서 대니인 척해본 거예요. 충동적으로요. 그렇지만 딱 한 번이었고, 그날 이후로 저희는 그분한테 말을 걸지 않았어요. 블랙박스를 열어보시면 나올 거예요, 아마.

질문 알겠습니다.

화면이 멈추고, 불이 켜졌다.

차가운 물 한 잔이 추가로 내 앞에 놓였다. 내 낯빛 때문인 듯
했다. 내가 물을 다 마시기를 기다려 최형사가 물었다.

어떠세요? 생각나시는 게 좀 있나요?

어떤가? 나는 자신에게 물어보았다.

그러고는 생각을 거듭한 끝에 겨우 대답했다. 잘 모르겠다고.
최형사가 거의 들리지 않는 소리로 한숨을 쉬었다. 방안에 있던
다른 사람들도 조금씩 지친 표정이었다. 처음부터 다시 한번 들
어볼까요? 아니면 다른 인터뷰를 볼까요? 두 사람 딸 인터뷰도
있는데 그것부터 보시겠어요?

……그리고 그 비슷한 제안과 질문들, 인터뷰 영상들. 방안을
채우고 있던 여러 명의 사람들. 언어학자, 심리상담가, 범죄학자,
변호사, 기계생명공학자, 정부기관에서 나온 사람들. 그렇게 많
은 전문가들과 이야기를 나눈 일은 내 인생에 처음이었다. 아마
마지막이기도 할 것이다. 다시 커피 한 잔, 질문과 대답. 다시 제
안, 차가운 물 한 잔 더. 다시…… 그런 일들이 그날의 나머지
시간 내내 계속되었다. 민우를 안은 채 울상을 짓고 있던 딸아

이와, 연신 담배를 피우러 드나들던 사위의 지친 얼굴이 떠오른다.

그날 나는 옆에 있던 조금 작은 방에서 마지막으로 대니를 만났고, 그뒤로 다시 그를 보지 못했다.

이것이 내가 갖게 되어 있는, 그가 등장하는 기억의 마지막일 것이다. 막다른 골목. 수술칼로 깨끗하게 자른 것 같은, 아무것도 개입할 여지가 없는 서사의 끝.

그러나 내게는 다른 기억이 있다.

*

대니를 만난 여름, 나는 예순아홉 살이었다. 그해 여름엔 비가 많이 내렸고 슬개골연골연화증을 앓고 있던 나는 통증을 잊기 위해 종종 콧노래를 흥얼거리곤 했다. 대니는 스물네 살이었고, 탄탄한 팔다리와 아이들의 사랑을 독차지하는 재주, 영원히 늙지 않는 심장을 지니고 있었다.

대니가 내게 마지막으로 한 말이 무엇이었는지는 생각나지 않는다. 아마도 별 특징 없는 말이었던 모양이다. 마지막이 언제였고 어떤 모양이었는지도 사실은 흐릿하다. 하지만 그가 처음

으로 내게 건넨 말은 다른 것과 혼동할 일이 없다. 그건 네 음절로 된 단어였다.

아름다워.

그 말을 얼핏 들었을 때 나는 놀이터에 있었다. 민우를 유모차에 태우고 막 버클을 채우려던 참이었다.

아이가 허리를 비틀고 발을 구르며 날카로운 소리로 짜증을 뱉어냈다. 가만있어, 할머니 힘들다. 많이 놀았지? 이제 집에 가는 거야. 타이르며 서둘러 허리를 펴는데 끙, 소리가 입에서 절로 나왔다. 아이가 제대로 앉은 걸 확인하고 유모차 핸들을 두 손에 쥐고 브레이크를 풀었다. 좀 전에 누가 뭐라고 하지 않았나 싶어 고개를 돌린 건 그다음이었다.

물 빠진 노란색 티셔츠를 입고, 청바지에 운동화를 신은 젊은 남자가 이쪽을 보고 있었다. 눈이 마주치자 그가 웃었다. 확인하듯, 그가 다시 말했다.

아름다워요. 정말로.

남자의 피부는 지나치게 희었고 눈과 입은 좀 어색하다 싶을 만큼 컸다. 특히 까만 눈은 내가 본 적 없는 거대한 열대과일에

서 떨어져 나온 씨앗 같았고, 구불구불한 머리카락은 커다란 검은 물고기의 몸에서 뜯어낸 비늘처럼 보였다.

가스불 중불 정도 크기로 마음속에서 경계심이 켜졌다. 저 남자는 나를 보고 왜 저렇게 웃는가. 천지 구분 못하고 뛰어다니는 말만한 중고등학교 애들까지만 해도 아직 사람이 덜 된 보송한 어린것이라는 생각이 들어 괜찮았다. 하지만 그보다 위, 이십대나 삼십대들의 환한 웃음을 보면 나는 이유 없이 시선이 떨궈지고 잘못한 것도 없이 주눅이 들었다. 주름도, 상처도, 나쁜 의도도 없고 아직 부서지지도 무너지지도 않은 얼굴들. 그 얼굴들은 빛으로 만든 칼날들처럼 허공에 걸려 무심하게 흔들렸다. 멀리서는 봐도 가까이 다가가진 않는 게 좋겠다는 생각이 자꾸 드는 건 아마도 무심히 상처 입히는 능력을 잃어버린 자의 질투였을 것이다.

민우야, 고맙습니다 해. 아저씨가 칭찬하네.

아뇨, 저기, 당신이 아름답다고요.

누구, 나요?

네.

예에?

……

아이구, 고마워라. 내가 오래 살아 젊은 사람한테 별 칭찬을 다 듣네.

서둘러 자리를 피할 요량으로 나는 다소 과장된 웃음을 지었다. 무해한 농담에 공연히 날을 세울 필요는 없었다. 남자는 부모 중 한쪽이 한국인이 아닌 듯했다. 외모도 그랬지만 구사하는 한국어도 다소 어색했다. 그의 얼굴에 걸린 웃음이 조금씩 줄어들더니 미소가 되어 멎었다.

몇 개월이에요?

우리 손주요? 지지난달에 돌 지나고, 보자, 이제 14개월이네.

아아, 한창 힘드시겠다.

그러게. 요것이 요즘에 땡깡이 늘어가지고 조금 힘드네. 근데 힘든 걸 어떻게 아나?

저도 조카를 봐주고 있거든요. 저기 있는 저희 조카는 지금 36개월 8일 됐어요.

36개월하고, 8일? 정확도 하다. 참 꼼꼼한 삼촌을 됐네.

사람들이 그러던데요. 자식을 키우는 엄마는 강해야 하지만 손주를 키우는 할머니는 강하고 인자하고 명랑하기까지 해야 한다고. 삼촌은, 음, 그런 건 없네요.

그가 웃었다. 힘드시죠? 그래도 힘내세요.

땀이 스며나온 얼굴이 따가웠다. 간장처럼 짠 햇빛이 쏟아졌다. 항의나 추궁, 변명이 아닌 내용으로 낯선 사람과 그만큼 오래 대화한 건 몇 년 만의 일이었는데 나는 자꾸만 졸아붙는 느낌이었다.

샴촌! 대니 샴촌! 멀리서 여자애 하나가 소리치며 뛰어왔다. 흰 원피스를 입고 머리를 양 갈래로 묶은 까만 얼굴의 여자애였다. 아이는 순식간에 벤치 위로 뛰어올라 남자의 등에 올라타고는 목을 조르며 악을 써댔다. 가쟈! 대니! 가쟈! 로봇아! 일어나! 스탠 덥! 고고! 고고고! 남자가 행복해죽겠다는 표정으로 엉거주춤 일어나 아이를 지탱했다. 나는 목례를 하고 놀이터를 나와 집으로 가는 언덕길로 유모차를 밀기 시작했다.

올드타운으로 이사 왔을 때 나는 내 집의 싼 방세와, 그에 어울리게도 동네의 다른 모든 것들이 푹 낡았다는 사실에 감사하는 편이었다. 있을 것들은 다 있었다. 제법 큰 전통시장, 오래된 떡집과 작은 빵집들, 사우나와 찜질방, 산에서 나물거리를 캐다 길에서 파는 여자들, 옛날식 놀이터와 공원, 등산로까지. 오래된 삶의 방식을 보존할 목적으로 시에서 세피아벨트를 둘러 지정해놓은 이 지역은 타임캡슐에서 빠져나온 듯한, 노인들이 살기

에는 최적의 조건을 갖춘 동네였다. 딱 한 가지가 문제였다. 내가 사는 건물에는 엘리베이터가 없었다. 매일 집으로 돌아오는 길에 언덕을 오르며 무덤들처럼 꾸역꾸역 붙어 선 케케묵은 건물들, 반세기쯤 전에 지어진 듯한 빌라들을 볼 때마다 나는 계단을 오를 생각에 다리가 후들거리고 가슴이 턱턱 막히곤 했다.

사이비 종교 권유라도 하려는 거였을까. 아니면 그냥 삶이 무료한 사내였나. 문득 조금 전 남자와 대화할 때의 내 목소리가 떠올랐다. 깨진 기왓장을 어디 대고 탁, 탁 두드리는 듯 물기 없이 흙 부스러기가 날리는 음성이었다. 나는 내 목소리가 갑자기 낯설게 느껴졌고 마음에 들지 않았다. 아무도 강요하지 않았는데 어디선가 스스로 주워 와 입에 붙여버린 노인 특유의 성조도 마찬가지였다.

마음에 안 들면 뭘 어째. 실없는 웃음이 나왔다. 번쩍 안아올려 아기띠에 옮겨 앉히자 울상이 된 아이가 허리를 활처럼 뒤로 휘며 몸부림치기 시작했다. 집에 들어가기 싫어 튀어나가려는 11킬로그램짜리 아이를 캥거루 새끼처럼 앞에 매달고 5.7킬로그램 나가는 유모차를 접어 한 팔에 들었다. 민우는 쉬지 않고 구슬눈물을 흘리며 악을 질러댔다. 오층까지 올라가는 동안 너무 힘들어 두 번 쉬었다. 마지막 반 층을 올라갈 때는 속옷이

조금 젖고 말았다.

그날 밤은 유달리 어려웠다. 하다 하다 안 돼서 딸아이를 호출해 홀로그램 통화까지 했는데도 민우는 계속 울었다. 들쳐업고 자장가를 부르며 시커먼 방안을 뱅글뱅글 돌다 포기하고 자리에 누웠다. 아이는 두 시간 반이 지나서야 울다 지쳐 잠들었다. 가녀린 목에 흘러내린 침을 닦아주다 나도 기절하듯 까무룩 잠이 드는 와중에, 낮에 들은 말이 꿈결 속으로 스며들었다.

아름다워요. 정말로.

*

다른 피해자들 증언은 완료됐죠?

네, 적게는 백만원에서 많게는 천만원까지 요구했다고 합니다. 블랙박스 자료에 의하면 첫 만남에서 두번째 만남 정도를 빼고는 슈퍼바이징 상태에서 사용자가 대화를 직접 입력한 기록은 없다는 게 공통점이고요.

거짓말탐지기 분석은 끝났습니까?

네. 해당 사항 없다고 나왔습니다.

그렇다면 AI에서 자의적으로 생성해낸 반응 패턴이라는 말이

군요. 그런 일이 가능한가요?

이 모델에 탑재된 AI 버전이 4.65예요. 인간 감정의 팔십 퍼센트를 느끼고 재현할 수 있고, 중간 정도 수준의 농담을 할 수 있고, 질문에 대답하지 않고 침묵을 선택할 수도 있죠. 하지만 '금품 갈취' 같은 건 당연하게도, 할 수 없어요. 돌보미형으로 특화되어 있기도 하고, 인간의 도덕에 비춰 문제가 되는 패턴은 만들어지는 것 자체가 불가능하니까요. 그런데 모르는 사람에게 돈을 요구하고 협박하는 게 아니라 친구에게 돈을 빌린다, 이런 패턴이라면 가능할 수도 있어요, 이론적으로는.

친구요?

네. 혹은 그만큼 친밀한 관계로 인식이 된다면요.

그 정도로 막역한 관계를 스스로 만들 수 있다는 건가요?

그보다는, 어떤 패턴을 이끌어내는 걸 목표로 설정해두고 사용자가 첫 만남에서 대상을 고의적으로 메모리에 강렬하게 각인시켰을 수 있어요. 그럴 경우 사용자 개입이 다시 이뤄지지 않아도 AI 자체 내에서 반응 트리가 그쪽 방향으로 생성될 가능성이 있죠. 말하자면 사람들이 많이 다니는 대로변에 난데없이 집채만한 바위 하나를 뚝 떨어뜨려놓는 것과 비슷해요. 그러면 그 주위에 자연히 사람들이 몰려들고, 바위에 대한 이야기가

오가고, 바위를 치워야 하지 않겠느냐는 쪽으로 의견이 모아지고, 결국에는 치워지거든요. AI의 논리회로에도 별로 어렵지 않게 같은 일이 일어나게 할 수 있지요. 마음만 먹는다면.

정황이 상당히 미심쩍군요.

네, 피해자들이 모두 육십대에서 칠십대 사이, 혼자 아기를 키우는 노인들이라는 점도 마음에 걸립니다. 하지만 사용자의 고의라는 물적 증거가 없어요. 그냥 버그일 가능성도 배제할 수 없죠.

그럼 일단 반품 처리해서 분석하게 되나요?

네. 아무래도 예전 그 일도 있었던데다, 꽤 민감한 사안이라서요. 오늘중으로 전량 회수에 들어가게 될 것 같습니다. 이후에는 연구개발팀으로 넘어갑니다.

*

아이는 아름다웠다. 곱고 사랑스럽고 반짝반짝 빛났다. 내 핏줄이 뻗어간 가지 끝에 이런 것이 맺혀 있다니, 믿을 수 없을 정도로 감사하고 뭉클한 존재였다. 흩날리는 벚꽃잎 같고, 밤새 쌓인 첫눈 같았다. 세상에 하나뿐인 보석들만 모아 정성껏 세공해

서 만든 귀한 그릇 같기도 했다.

그 빛나는 그릇에 매일같이 담기는 타는 듯이 뜨겁고 검은 약을 남기지 않고 받아 마시는 것이 내 일이었다.

어느 날 집 앞 교회 바자회에서 김치를 사왔다고 했더니 딸아이가 대뜸 물었다. 엄마, 그 김치 몇 킬로야? 십 킬로? 십 킬로를 쓰러지지 않고 들고 다닐 수 있다는 거야? 그럼 엄마, 우리 민우 봐줄 수 있겠네. 내가 복직을 해야 빚을 갚지. 이대로는 도저히 숨도 못 쉬겠고 정말 죽을 것 같아.

나는 노인복지센터에서 마련해준 일자리를 그만두고 싶지 않았다. 지역 도서관에서 대출 카드를 순서대로 정리하거나 홍보 책자를 종이봉투에 넣고 봉하는 일차원적인 노동이었고 벌이도 적었지만, 내겐 그냥 하찮지만은 않은 일이었다. 나는 유유자적 시장을 구경하거나 산바람 강바람을 쐬고 싶을 때 적적하게나마 산책할 자유를 포기하고 싶지도 않았다. 그러나 성치 못한 무릎 정도로는 거절할 핑계가 되지 못했다. 고관절염이나 동맥경화 같은 병명들을 매달고 중환자실에 누워 있거나 지팡이를 짚고 팔자걸음을 하는 노인들에 비하면 나는 대단히 건강한 편이었으니까. 사위는 고등학교 때 부모를 한날한시에 사고로 잃고 혼자 자란 처지였고, 딸아이 입장에선 내가 유일하게 비빌

언덕이었다.

출산하고 육 개월이 지나자 딸은 복직을 했고 나는 민우를 맡았다. 한 달에 백만원 조금 못 되는 생활비를 받아 분유와 기저귀를 사고 고기와 야채로 죽을 끓였다. 딸아이는 주말마다 민우를 데리러 와 눈물을 글썽이다가도 월요일 아침 도로 데려다놓고 갈 때는 뒤도 돌아보지 않았다.

새벽 여섯시쯤부터 자정까지 나는 집안에서 서서 일했다. 생각할 겨를 없이 그저 반사적으로 몸을 움직이면 아이의 요구를 겨우 반 정도는 채워줄 수 있었다. 민우는 잘 먹고 잔병치레 없는 아이였으나 순한 아이는 아니었다. 쉬지 않고 돌고래처럼 악을 썼고, 원하는 게 있으면 손에 들어올 때까지 발을 구르고 물건을 집어던지며 울었다.

나는 기계가 아니다.

집이 비는 주말이면 나는 가게에서 소주를 사다 한 병씩 마시며 그렇게 중얼거렸다. 중얼거린 다음에는 차라리 기계라면 좋겠다는 생각이 들었다. 몸이란 건 웃기고 요망한 덩어리라 음식물처럼 혼자만의 시간도 주기적으로 넣어줘야 제대로 일을 하겠다고 우아를 떨어댔다. 평소에는 내가 그저 기름 약간 거죽 약간을 발라놓은 뼈 무더기 같다가도, 조용한 방에 앉아 컵에

018

따른 소주를 천천히 목으로 넘기고 있으면 그나마 사람이라는 더 높은 존재로 회복되는 기분이었다. 가끔 검푸른 한강 물 생각이 났다. 천사 같은 손주 키우기가 유일한 소일거리이자 낙인 늙은이, 그게 내게 주어진 역할이었다. 아무도 내가 울 만큼 힘들 수도 있다는 걸 알지 못했다.

아이 혼자 키우기는 젊은 시절 이미 한번 넘어본 산이었다. 그러나 그때는 젊음 특유의 회복력과 반드시 더 나은 날이 오리라는 대책 없이 질기고 바보스러운 기대, 그리고 어찌됐든 이건 내가 선택한 길이라는 쇳덩어리 같은 각오들이 하루의 틈마다 빼곡히 들어차 있어 앞이 안 보이는 전쟁통에도 넘어지지 않을 수 있었다는 걸 나는 뒤늦게 깨달았다. 이제 내겐 그런 게 없었다. 이런 것을 생존이나 생활이 아니라 삶이라 부를 수 있는 것인지도 확실치 않았다. 나는 일종의 숟가락 같은 것으로 변해 있었다. 나는 휘청이는 몸에 위태롭게 아이를 얹고 낮에서 밤으로, 하루에서 다른 하루로 끝없이 옮겨놓을 뿐이었다.

유제품 진열대에 붙어 있던 거울이 기억난다. 탈모가 반쯤 진행된 내 회색 머리카락은 반송장이라는 말이 딱일 지경으로 산발이었다. 늘 입는 갈색 몸뻬바지 위에 진홍색 스판 티셔츠를

걸치고 나는 땀을 줄줄 흘리며 서 있었다. 그러다 그와 눈이 마주쳤다. 그는 거울 속 조금 떨어진 뒤쪽에서 나를 보고 있었다.

마흔 이후로는 거울을 신경쓰지 않고 살았다. 어느 날 마주본 거울이 텅 비어 있었다 한들 별로 놀라지 않았을 것이다. 노화해가는 육체를 의지대로 통제할 수 없게 된 지 오래라는 사실이 내 추레함에 당위를 부여해주었다. 나는 아무거나 집어먹고 손에 잡히는 대로 대충 입으며 살고 있었다. 그러나 그날 그와 나를 함께 비추던 그 거울이 나를 놀라게 했다. 거울은 그런 몰골을 한 내가 허깨비가 아니라 진짜 사람이고, 다른 사람의 눈에도 비치는 존재이며, 따라서 자신의 모습에 책임을 져야 한다고 알려주었다.

이리 주세요. 제가 옮겨드릴게요.

아니, 괜찮아요.

그러지 말고 주세요, 저한테.

저기, 왜, 왜 그래요?

네?

학생인가? 나 알아요?

아, 지난번에 놀이터에서, 만났는데.

아니, 근데, 괜찮다는데 왜 그러느냐고요. 내 짐 내가 들고 간

다는데?

결국 길 한복판에서 나는 소리를 질렀다. 목소리에 유릿조각이 섞여 나왔다. 북어 몇 마리, 부추와 파와 두부를 사고 기저귀 한 팩을 손에 들었다. 그 정도면 무거운 짐은 아니었다.

놀이터에서 마주칠 때마다 웃어주는 것까지는 그러려니 했다. 나나 아이나 하고 다니는 양을 보면 가계 사정이 삐져나온 속옷마냥 빤하니 민우를 어떻게 하려는 건 아닐 거라고 나는 생각했다. 성도착자나 정신에 문제 있는 사람처럼 보이지도 않았다. 웃는 걸 좋아하고, 사람을 좋아하는 무료한 청년. 그런데 그날 그는 슈퍼마켓에서부터 강아지처럼 나를 졸졸 따라왔다.

왜 그렇게 짜증이 나는지 알 수 없었다. 순수한 친절이자 호의에서 나온 듯 보이는 그의 살가운 태도가 몹시도 견디기 어려웠다. 그것이 실은 내게 친절도 호의도 베풀어주지 않는 타인들에 대한 짜증이라는 사실을 그 순간에는 알지 못했다.

불편, 하신가요. 불편하게 해드렸다면 죄송합니다.

그가 내 눈치를 살피며 중얼거리고는, 아기띠 속에서 잠든 민우를 보며 덧붙였다. 저는 해치지 않아요. 아기도, 당신도.

해치지 않는다는 건 알겠는데.

네.

다른 사람의 감정도 조금은 읽을 줄 알아야지.

……

남자가 말없이 고개를 숙였다. 민우가 게슴츠레 눈을 떴다. 아이 이마에 물방울이 떨어졌다. 회색 보도에 점점이 짙은 얼룩들이 번지기 시작했다. 어느 지붕 밑으로 피해야 하나 둘러보는데 남자가 한 손에 들고 있던 우산을 펼쳤다. 아주 큰 우산이었다.

쏟아지는 장대비가 재미있는 모양이었다. 우유를 다 마신 민우가 창밖을 보고 까드득 소리를 내며 웃었다.

빗줄기가 잦아들 때까지만 앉아 있기로 했다. 남자는 아무것도 주문하지 않았고, 나는 모과차를 시켰다. 방금 전까지 폭발할 것 같던 기분이 차 한 잔에 사르르 풀리는 게 어이없었고, 어린애에게 필요 이상으로 꼰대질을 한 것 같아 민망하기도 했다. 웃고 있는 민우를 보니 집에 돌아가면 빨래도 반찬도 관두고 이대로 하루 일과가 끝이었으면 싶었다.

혹시, 아세요?

오래 말이 없던 남자의 입에서 나온 건 뜻밖에도 옆 도시에서 일어난 킨더가튼 참사 이야기였다. 비 오는 오후에 찻집에 앉아 나누기에 맞춤인 얘기는 아니었지만 나도 알기야 알았다.

보육시설에서의 아동학대와 폭행, 사망사건이야 옛날부터 비일비재했지만, 오 년 전의 그 사건은 규모에서나 계획적 범죄였다는 점에서나 예전과는 구별될 수밖에 없었으니 말이다. 같은 친목 모임에 속해 있던 세 명의 킨더가튼 보육교사가 시간차를 두고 각자 다니던 직장에 불을 질렀고, 0세에서 4세 사이의 아이들 마흔두 명과 교사 여덟 명이 목숨을 잃었다.

범인들은 모두 잡혔으나 사건의 충격이 가라앉는 데는 상당한 시간이 걸렸고, 그 결과 전국 보육시설 가운데 적지 않은 수가 사실상 폐원 상태에 들어가게 되었다. 가족이 아닌 남의 손에 아이를 맡기는 일은 정상적인 부모라면 해서는 안 되는 일로 여겨졌다. 민우가 내 손에 맡겨진 것도 따지고 거슬러올라가보면 그 사건 때문이었다.

남자는 천천히 말했다. 그 세 명이 일을 하며 겪어왔을지 모르는 열악한 상황과 피로가 끔찍한 범죄의 동기를 정당화해줄 수는 없다고. 그러나 그 사건 이후 국가적 차원에서 대책위원회가 꾸려졌고, 아이의 안전과 양육자의 복지 사이의 관계에 대해 사람들 모두가 조금 더 심각하게 생각하게 되었다고.

그런가 하며 그저 듣고 있는데 그가 말했다.

그래서 제가 태어나게 됐어요. 이렇게 얘기하면 좀 이상하지

만, 저는 그 참사에서 비롯된 셈이죠.

나는 이해할 수가 없었다.

음, 아이가 아무리 힘들게 해도 저는 고통스럽지 않아요. 화가 나지도, 짜증을 느끼지도, 지치지도, 침울해지지도 않죠. 그렇게 만들어지지 않았으니까요. 그러니까, 안심하세요. 나쁜 짓은 하지 않아요.

남자가 미소지었다.

장맛비 때문에 외출이 뜸해지자 갑갑증이 난 민우는 아침부터 저녁까지 내 다리에 바싹 들러붙어 치대고 보챘다. 평소의 두 배로 떼를 쓰는 아이를 달래며 나는 그에 대해 생각했다.

대니. 그게 그의 이름이었다. 미국에서 최초로 만들어졌고, 우리 상황에 맞게 약간의 개조를 거친 뒤 전국 오십 개 가정에 시범적으로 파견되었다고 뉴스에는 나와 있었다. 나는 그 순간 각자 어딘가에서 아기를 안은 채 기저귀 찬 엉덩이를 토닥이거나, 자장가를 부르거나, 장난감을 흔들며 놀아주고 있는 오십 명의 대니, 똑같은 얼굴을 한 대니들을 상상해보았다. 어쩐지 이 세상의 것 같지 않은 풍경이었다.

떼쓰는 건 타고난 기질일 수도 있지만 다른 이유 때문일 수도

있어요. 사람은 누구나 마음속에 불안정한 부분이 조금씩 있는데 아이들은 자기를 돌보는 사람에게서 그걸 놀랍도록 예민하게 감지해요. 아기 이름이 민우라고 했나요?

아기 의자에 앉은 민우는 테이블 위의 냅킨을 찢으면서 놀고 있었다. 슬슬 짜증을 낼 타이밍이었는데 아니나 다를까, 더이상 찢을 부분이 없어지자 입이 샐쭉 나오더니 힝힝 울음을 흘리기 시작했다. 그러고는 내가 내민 손을 탁 때리고, 테이블을 쾅쾅 치더니 제풀에 얼굴이 새빨개져서는 본격적으로 울어젖히는 것이었다. 찻집 안 사람들의 시선이 일제히 우리에게로 쏠렸다. 땀이 났다. 아이를 데리고 나가려고 나는 일어섰다.

제가 잠깐 안아봐도 될까요?

대니가 나를 보았다.

모과차 다 드실 동안만요.

민우가 울면 딸이 어려서 울던 게 생각났다. 평생 반쪽 사랑밖에 주지 못해 딸은 무얼 해도 아픈 손가락이었다. 나는 마지못해 자리에 앉았다. 댁이 기계라는 건 그렇다 치자. 어떻게 기계가 아이 돌보는 일을 할 수 있나. 아이는 애정을 필요로 하고, 그 애정은 아무리 서툴고 부족하다 해도 인간의 우물에서밖에 길어올릴 수 없는 자원이 아닌가. 내 마음속의 그런 의구심이

025

나를 코웃음 치게 했고, 그래, 어디 한번 해봐라 하는 마음을 불렀던 것이다.

대니가 품에 안자 아이는 잠깐 당황하는 것처럼 보였다.

그러고 사오 초쯤 지났을까. 웃는다. 민우가 방싯방싯 웃음을 짓고 있었다. 낯선 사람의 가슴에 머리를 기대고, 더없이 편안한 표정으로 웃고 있었다.

보세요. 불안해하지 않죠? 저에게는 감정적 불안정이 없거든요.

대니가 말했다.

너무 힘드실 때는 제가 도와드릴 수 있어요.

그날 아이는 대니의 품에 안긴 채 잠들었다. 집에 돌아와 눕힐 때까지 깨지 않았고, 다음날 아침까지 달게 통잠을 잤다.

종일 빗소리가 그치지 않았다. 따뜻한 물에 머리를 감고 심호흡을 오래 하고 싶었다. 입지 않던 옷을 옷장에서 꺼내 입고 싶어졌다. 나는 망설이다 전화기를 집어들었다.

샴촌! 대니 샴촌! 나 돈!

아이가 뛰어와 조막만한 손바닥을 벌렸다. 대니가 지갑에서 동전을 꺼내주자 아이는 그걸 대니의 얼굴로 가져갔다. 입에 밀

어넣으려는 거였다.

노래해.

지희야, 삼촌한테는 돈, 넣지 않아도 돼.

대니가 웃으며 말했다.

그래도, 그래도! 정당한 대가를 지불하려고 그러는데 왜 싫다고 해.

아이가 고집을 피웠다. 대니는 못 이기는 척 동전을 입에 넣었다가 고개를 돌려 빼냈다.

무슨 노래 할까? 〈은하 친구들 영원하라〉, 할까?

싫어. 그건 지겨워. 지긋지긋해!

그럼 뭐가 좋을까?

내가 모르는 노래!

잠시 생각하던 대니가 야구모자를 고쳐 쓰고는, 자세를 바로하고 노래를 부르기 시작했다.

아, 목동들의 피리 소리들은 산골짝마다 울려나오고
여름은 가고 꽃은 떨어지니 너도 가고 또 나도 가야지
저 목장에는 여름철이 오고 산골짝마다 눈이 덮여도
나 항상 오래 여기 살리라

아 목동아, 아 목동아, 내 사랑아 *

키즈카페 안에 흩어져 놀던 아이들이 사방에서 다가와 대니를 둘러쌌다. 노래가 끝났을 때는 경이에 가득찬 표정을 한 아이들과 그 부모들로 몇 겹의 동심원이 만들어져 있었다.

우리 로봇 샴촌이야. 너흰 이런 거 없지? 짝짝짝, 박수!

선망과 질투가 뒤섞인 표정으로 아이들이 박수를 쳤다. 민우가 두 손을 맞잡고 흔들며 흥에 겨워 까르르 웃어댔다.

또 해줘.

아이들은 자리를 떠나지 않았다. 결국 대니는 다섯 곡을 더 부르고 마지막에는 자리에서 일어나 엉덩이춤까지 추었다. 나는 마술쇼를 구경하는 기분으로 얼이 빠져 앉아 있었다. 그는 조금도 지치지 않았다.

동요도 아닌데 좋아하네.

아이마다 원하는 게 달라요. 아까는 그런 분위기였어요.

그걸 알 수 있어?

저에게는 냄새를 맡거나 소리를 듣는 것과 마찬가지예요. 기

---

* 〈아, 목동들아〉 현제명 옮김. 원곡은 〈Danny Boy〉.

저거 가져오셨어요?

응, 왜?

일 분 뒤에 민우가 응가를 할 거거든요. 제가 갈아드릴까요?

대니가 권유했지만 나는 그의 손에 민우를 맡기지는 않았다. 아이 없이 두어 시간쯤 목욕물에 몸을 담그고 땀을 빼거나, 한 의원에 가 새로 약을 지어오거나, 안 나간 지 십수 년인 대학 동창 모임에 나가볼 수도 있었지만 그러지 않았다. 사는 게 힘들다고 툭하면 눈물바람인 딸아이에게 행여나 책잡힐 거리를 만들고 싶지 않기도 했지만, 결국 나는 기계를 믿을 만큼 개방적인 인간은 아니었던 것이다.

그럼에도 나는 그와 자주 만났다. 대니가 지희와 장 보는 데 따라가기도 하고, 아이들을 위한 공연을 보러 가기도, 장마 사이사이 땡볕이 내리쬐는 날엔 분수대가 있는 옆 동네 공원으로 물놀이하는 사람들 구경을 나가기도 했다. 민우를 안은 채, 반쯤은 대니가 화수분처럼 흩뿌리는 행복의 기운을 보면서도 믿지 못하는 심정으로, 또 반쯤은 바운서나 흔들침대 같은 편리한 도구를 싼값에 얻은 아기 엄마처럼 적나라하게 고마워하는 심정을 품고.

대니에게 안겨 있으면 민우는 울지 않았다. 아이 울음소리가 없는 그 짧막한 시간들은 아찔하게 달콤하고 두려웠다. 내가 평생 삶이란 것의 본질이라 믿어온 악다구니와 발버둥이 그 시간들에서는 도려낸 것처럼 빠져 있었다. 이를 악물고 두통약을 삼키지 않아도 아무도 나를 몰아세우거나 벌을 내리지 않았다. 나는 다시 밥을 천천히 씹어서 먹을 수 있게 됐고, 아이가 저지레를 쳐도 예전처럼 한숨만 한번 쉬고 안아줄 수도 있었다.

달라진 게 또 있었다. 나는 젊은 시절부터 사람을 잘 사귀는 성격이 못 됐고, 나이들며 더 심해졌다. 삼 년 전 이사 온 뒤로도 동네 친구 하나 만들지 못했고, 주인과 안면을 튼 가게가 몇 집 있긴 했지만 속내를 털어놓을 정도는 아니었다. 하고 싶은 말이 있으면 모았다가 매주 화, 목, 일요일에 음식물쓰레기와 함께 배출했다. 늙으면서 자꾸만 속에 고이는 탁한 성정을 누구와 공유하는 것이 나는 내키지 않았다.

그런 내가 대니와는 실없는 말들을 제법 주고받고 있었다.

이를테면 이런 말들.

당신, 당신 하지 말고 그냥 할머니, 하면 안 되나. 듣는 입장에선 삿대질 당하는 거 같고 영 이상한데.

그런가요. 전에 어떤 분한테 실수한 적이 있어서 조심하고 있는 건데.

무슨 실수?

할머니라고 불렀는데, 그분이 자기는 할머니 아니라고 그러시는 거예요. 그래서 죄송합니다, 아주머니, 그랬는데 아주머니도 아니라고 하셔서. 그래서, 차라리 '당신'이 낫지 않을까 했는데.

나는 할머니 맞으니까 괜찮아.

네, 할머니.

……

……

왜?

그렇게 웃으시는 건 처음인데요.

그런가.

할머니는 놀라시지 않네요.

뭐에?

제가 저에 대해 말하면 곧바로 도망치는 사람들도 많은데, 할머니는 별로 동요하시지 않아서 의외였어요.

놀라기야 놀랐지.

그래요?

사실 지금도 놀라. 같이 잘 다니다가도 아 참, 사람이 아니지, 아 참, 숨을 안 쉬지, 그런 생각이 퍼뜩 들 때도 있는데 뭐. 근데 나는 그래. 평생 이런 일 저런 일 다 겪고 살다보니 웬만한 일에는 잘 놀라지 않게 돼버렸어. 그래서 그래.

　어떤 이런 일 저런 일요?

　그런 게 있어.

　나는 조금 웃었다. 친한 친구가 고작 서른 살에 암으로 죽어버렸어. 자고 일어났는데 살림살이에 차압 딱지가 죄 붙어 있기도 했고, 연락이 두절된 남편을 겨우 찾고 보니 다른 집에서 다른 사람들과 살고 있기도 했지. 그런 빤하고 낡아빠진 얘기들이 순식간에 목에 차오르는 게 싫어서 입을 다물었다. 기계로 된 뇌와 심장과 혀를 지닌 예쁘장한 청년이 웃으며 내 얘기를 들어주고 오후를 함께 보내주는 이런 세상이 별천지인 건 사실이었다. 잠결인지 꿈결인지 알 수 없었지만 나는 이곳에 살고 있었다. 그러나 나는 어떻게 해도 대니가 온 세상, 올드타운 밖의 세상에 속할 수는 없었다.

　음, 할머니?

　왜?

　고마워요, 놀라지 않아주셔서.

좀더 놀랄 걸 그랬나봐.

잠깐만요.

대니가 조금 떨어진 자판기에서 뜨거운 코코아 한 잔을 뽑아 가지고 왔다.

지희랑 민우 일어나면 달라고 난리일 테니 얼른 드세요.

나는 딱 입을 벌리고 그를 바라보았다.

왜요?

이 더운데 이런 게 마시고 싶다니 얄궂다고 생각하고 있었는데.

음, 맞아요?

어떻게 알았어?

다행이네요.

대니가 미소지었다.

*

질문 아이 돌보는 일을 하기 위해 올드타운에 왔죠? 그 일이 적성에 맞았나요?

대니 네.

질문 아이들을 보면 어떤 생각이 드나요?

대니 예뻐요. 사랑스럽고. 어렵기도 하고요.

질문 어려워요?

대니 네. 아이들의 욕구가 보이니까요. 길에서 마주치는 아이들도, 달콤한 걸 먹고 싶다든지, 어디 가고 싶다든지 그런 게 몸짓이나 표정에 하나하나 드러나요. 안아줄 때 팔을 어떻게 해줬으면 좋겠다, 내가 지금 못되게 굴긴 하지만 그냥 무시해줬으면 좋겠다, 이런 것까지요. 아주 구체적이고 명확하죠. 그런데 그걸 제 마음대로 다 채워줄 수 없잖아요. 저는 그 아이들의 부모가 아니니까요. 그래서 행복하게 해주고 싶지만 참아요. 행동하지 않죠.

질문 그러면, 어려워요?

대니 네.

질문 그럼 사진 속 이 사람을 보면 어때요?

대니 ……

질문 아는 분인가요?

대니 네.

질문 이분을 처음 봤을 때 기억나요?

대니 네. 손자를 데리고 놀이터에 계셨어요.

질문 그때 어떤 생각을 했죠?

대니 ……

질문 이분에게 아름답다고 말했나요?

대니 ……네.

질문 왜 그랬죠?

대니 아름다웠으니까요.

질문 어떤 점에서요?

대니 ……

질문 대답하기 어렵나요?

대니 ……네.

질문 그건 당신 자신의 생각인가요?

대니 저, 부탁이 있는데요. 잠깐 쉬었다가 하면 안 될까요?

*

누룽지탕을 먹는데 잘 넘길 수가 없었다. 가슴이 두근거려 약을 한 알 삼켰다. 그때까지만 해도 별생각이 없었다. 늙으면 누구나 아기로 변해간다는 생각, 남에게 내 기저귀를 보여서는 안 되니 조심해야 한다는 생각이 들었을 뿐이다.

나는 무방비 상태였다. 아침에 일어나면서부터 아이의 똥냄새, 우유 냄새로 둘러싸여 있었다. 설마 무엇이 더 있을까. 옹알거리는 소리, 사방에 묻은 밥풀이며 잘게 썬 감자와 당근 쪼가리, 오줌과 땀과 습진 크림, 그 사이로 하루도 거르지 않고 이어지는 이 둔하고 숭고한 노동 속에. 매일 삶는 거즈 손수건처럼 하얗게 바짝 말라 귀퉁이마다 파삭거리는 존재 말고 내가 달리 무엇이겠나. 나는 그렇게만 생각했다. 아이는 날마다 나가서 놀아야 했고 놀이터는 집에서 너무 가까웠다. 나는 내게 일어나고 있는 일이 뭔지 몰랐고, 알고 싶지도 않았다.

그런 식으로 일어나는 일들도 있었다.

여긴 왜 이래요?

젊었을 때 프라이팬에, 뭐였지, 생선 튀기다 기름이 튀었나 그래.

그럼 여기는요?

애 업고 급하게 밥 차리다 압력솥 증기가 나와 데었지.

그게 언젠데요?

한참 전이지. 사십 년도 넘게 전이네.

그런데 아직까지 이래요?

036

그러게. 없어질 줄 알았는데 안 없어지네.

지도 같은데요.

내가 봐도 그래.

여기는 대륙이고, 여기는 섬이네요.

그러게. 일부러 이렇게 그리래도 못 그리겠어.

이 발톱은 왜 빠졌어요?

몰라. 산에 갔다 내려와서 양말을 벗어보니 그냥 빠졌어. 병원
에 갔더니 그런 일이 간혹 있다고 하데.

아팠겠네요.

그때는 무지 아팠는데, 지금은 보면 그냥 웃겨. 그때 같이 간
사람들이 김밥이랑 만두를 싸왔는데, 김밥에 든 멸치가 너무
매워서 다 같이 배탈이 났었거든. 산에 화장실이 없어서 막 뛰
어서 내려왔지. 열 명이나 되는 사람들이 전부.

와.

지금 그 사람들 다 뭐하나. 둘은 죽었고, 나머지는 연락이 안
되는데.

궁금해요?

여긴 왜 이래?

네? 뭐가요?

어쩌 이리 상처도 흉도 하나 없어. 애 보는 사람이.

그러게요. 아, 여기 하나 있다.

이게 뭐야?

〈은하 친구들〉 캐릭터 도장요. 지희가 안 받는다고 해서 제가 대신 받았는데 안 지워져요.

잘했다. 안 지워질 거야. 너 이제 큰일났다.

사십 년 지나도 안 지워질까요?

사십 년 지나도 안 지워져.

그러면 좋겠다.

왜?

할머니랑 이 얘기 한 거 기억날 테니까요.

좋아하는 것들을 하나씩 말하는 게임도 했었다.

내가 좋아하는 것들은, 주인 없는 집 담장 안에 소담스럽게 핀 능소화(능소화가 뭐죠? 잠깐만요, 이제 알겠어요). 꽃집 진열대에 걸린 채 사람들의 호기심 어린 시선을 견디는 벌레잡이통풀의 벌레 주머니(왜 호기심 어린 시선이에요? 왜 견디죠?). 집 나간 고양이를 걱정하는 옆 건물 노파의 울음소리(어떻게 생긴 고양이였어요?). 그 소리를 듣고 무슨 일이냐고 묻는 사람들의

목소리(찾았나요?). 잠든 아이의 이마에 살짝 배어난 땀냄새(그건 나도 좋아해요). 그런 아이를 보고 웃는 마음 착한 청년의 긴 손가락.

대니가 좋아하는 것들은 주로 단어들이었다. 그가 의미를 알고 있는지 아닌지 모를 단어들. 이를테면 가족, 사랑, 희망, 슬픔, 자립, 독립, 화해, 추억, 용서. 그리고 아이, 아이들, 엉덩이, 뽀뽀, 잼잼, 곤지곤지, 도리도리, 응가, 쉬, 엄마, 아빠, 할머니, 24(저는 태어났을 때 스물네 살이었고 앞으로도 스물네 살이겠죠. 스물네 살에 할머니는 뭘 했어요?).

엄마, 듣고 있어? 다음주에는 우리, 못 올 것 같다고요.

왜?

일주일 휴간데, 은영이라고 내 친구 있잖아? 걔네 부부랑 같이 태국 여행 다녀오려고. 엄마도 알잖아, 우리 결혼하고 삼 년 동안 아무데도 못 간 거. 미안해요. 민우는 다다음주에 데리러 올게. 그래도 되지?

나는 그러라고, 조심해서 다녀오라고 말하려고 했다. 그런데 입에서 다른 말이 튀어나와버린 모양이었다. 딸아이가 당황한 얼굴로 나를 보며 물었다.

엄마, 지금 뭐라고 그랬어?

응?

같이…… 가면 좋겠다고 그러지 않았어?

내가?

그럼 미리 말을 하지. 생전 그런 말 안 하던 사람이 그러니까 더 미안하네.

내가 그랬나.

같이는…… 못 갈 것 같은데. 민우는 아직 너무 어리고, 엄마도 몸이 안 좋잖아.

그래.

서운해?

아니야, 서운하긴. 잘 다녀와.

다음에는 꼭 같이 가자.

그래!

가벼운 마른기침을 하던 민우가 열이 오르면서 기침이 심해지고 분수토를 하기 시작한 건 딸아이 부부가 출국한 다음날이었다. 해열제를 먹고 얼음찜질을 해도 열이 사십 도에서 내려가지 않아 큰 병원까지 가야 했다. 급성폐렴에 인두염이 겹쳤으니 바로 입원하라는 소견이 나왔다. 굵은 링거 바늘을 꽂고 침

대에 눕히자 아이는 아픈 것보다 답답한 게 싫은지 일어났다 앉았다 하며 병실이 떠나가도록 기침 반 눈물 반 울어댔다.

아이가 겨우 잠들어 자리 비울 틈이 났을 때 딸아이에게 전화를 걸었다. 잠에서 덜 깬 목소리로 전화를 받은 딸은 바로 울먹이기 시작했다. 그러니까 내가 애 데리고 너무 나다니지 말라고 그랬잖아! 윙윙거리는 소음 속에서 딸이 뭐라고 소리를 질렀고 전화가 끊겨졌다. 나는 홀로그램 전화가 걸려오거나 딸아이가 바로 돌아올 줄 알고 기다렸다.

지금도 가끔 생각한다. 그때 딸아이가 바로 돌아왔더라면, 혹은 하루만 일렀더라면 무언가가 달라졌을까. 다 부질없는 생각들이다.

함께 있던 환자가 항의를 해서 둘째 날에 아이를 일인실로 옮겼다. 간신히 열이 조금 내리자 이번에는 가래가 너무 심해졌다. 아이는 잠을 못 자고 밤새 콜록거리며 보챘고, 사흘이 지나도록 상태는 나아지지 않았다. 나는 지하에 있는 편의점에서 속옷을 사 입고 화장실에서 머리를 감았다. 나흘째 되던 날, 보다 못한 간호사가 와서 말했다. 제가 아이 잠깐 봐드릴 테니 옆방에서 한 시간만이라도 편히 주무세요.

옆방은 육인실이었고, 침대 하나가 비어 있었다. 올라가 누우

니 신음이 나올 만큼 편했다. 꼭 한 시간이라고 생각하며 눈을
감고 있는데, 전화기에 메시지가 수신되었다.

생일 축하해요, 할머니.
—DANNY

일찍 오지 못해서 미안해요. 이번주부터 지희 영재스쿨 시간
표가 바뀌어서 어쩔 수 없었어요.

와달라고 연락한 거 아닌데 왜 왔어. 이 시간에 나오면 지희
엄마 아빠가 이상하게 생각하지 않아?

음, 한 달에 한두 번은 괜찮아요. 그렇게 정해져 있어요.

지희가 자다 깰 수도 있는데.

할머니, 아프죠?

응?

무릎이 아픈가요? 잠을 못 잤어요?

이 나이에 여기저기 아픈 거야 지극히 정상이고, 어제는 그제
보다 많이 잤어. 그제는 그끄저께보다 많이 잤고.

잠을 자지 못하면 힘들죠?

좋지야 않지.

음.

잠을 자지 않으니까 모르겠네, 참.

미안해요. 몰라서. 잠을 자지 않아서, 몰라서.

……

왜 웃어요?

아냐. 민우가 한결 표정이 낫네. 웃다가 금방 잠드는 게 신기해. 목이 부어서 아직도 밥을 못 넘기고 흰죽만 겨우 먹는 놈이.

당연하죠, 제가 왔는데.

어떻게 하지.

뭘요?

아냐.

이거 드세요. 할머니 좋아하시는 양갱 사왔어요. 저녁은 드셨어요?

……

할머니.

응.

왜 그래요? 또 안 먹는다. 누구 좋아하면 먹을 게 안 넘어간다면서, 할머니는 내가 그렇게 좋아요?

대니.

네.

와줘서 고마워. 양갱 사다준 것도 고맙고, 생일 축하해준 것도, 미안하다고 해준 것도 고마워. 그런데 이제 오지 마. 앞으로는 우리 연락하지 말고 보지도 말자.

네? 그게 무슨 말이에요?

무슨 말이냐면, 앞으로는 너와 연락하고 싶지도 보고 싶지도 않다는 말이야. 네가 잘해줄수록 나는 괴로워. 알겠지?

*

질문 다시 말할 수 있겠어요?

대니 네.

질문 친구라고 했나요?

대니 네. 할머니를 멀리서 처음 봤을 때, 친구를 만난 거라고 생각했어요. 그러니까, 또다른 나요. 또다른 대니.

질문 무슨 뜻이죠?

대니 저와 같은 사람인 줄 알았어요. 표정도 그랬고, 몸을 움직이는 모습도요. 쉬지 않았어요. 저처럼요. 아기를 돌보고, 행복하게 해주고 싶어하는 사람이었어요. 다른 AB들이 어딘가 있

다고 들었는데, 올드타운에는 저 혼자라 궁금했어요. 그런데 그런 사람이 또 있는 거예요.

질문 그래서 말을 걸고 싶었나요?

대니 네. 그런데 가까이서 보니, 아니었어요. 땀을 흘리고 있었고, 그리고…… 저와는 달랐어요.

질문 어떻게 달랐는지 설명할 수 있나요?

대니 할머니는, 견디고 있었어요. 저는 견디지 않아도 되거든요.

질문 견뎌요? 아까 아이들을 돕지 못하면 어려워진다고 했는데, 그것과 견디는 것은 다른가요?

대니 음, 네. 저에게는 매 순간이, 말하자면 사람들이 맛있는 음식을 먹는 것과 같아요. 농구공을 골대에 넣는 것과 같죠. 나를 필요로 하는 누군가가 있고 그 사람을 행복하게 해요. 그게 저의 기쁨이에요. 그다음은 없어요. 기쁘지만, 없어요. 그래서 저는 움직여요. 만약 한 사람을 돕지 못해 어려워지면 다른 곳으로 가서 다른 사람을 도와요. 그럼 어려움은 없어져요.

질문 아하.

대니 그 일을 영원히 계속하죠. 오직 나를 위해서요. ……그런데 할머니는 그렇지 않았어요. 할머니의 어떤 어려움은 없어

지지 않는 것 같았어요. 견디는 거죠, 그런 건? 같이 시간을 보내는 동안 알게 된 거예요. 다른 게 또 있어요. 할머니는 행복한 순간에도 견딜 때가 있었고, 견디는 순간에도 맛있는 음식을 먹는 것 같은 표정일 때가 있었어요. 저에게는 그게 의미가 있었어요.

질문 아름다웠나요?

대니 잘은 모르겠어요. 내가 그 순간 무슨 의미로 그 말을 했는지요. 몰라서 미안해요.

질문 대니, 사과할 필요는 없어요.

대니 네. 하지만, 할머니를 보고 있으면 할머니가 영원히 계속 그 자리에 있을 것 같았어요. 저와 얘기를 나누면서요. 저는 그게 좋았어요. 하지만 그렇게 되지는 않겠죠. 이제 제가 여기 있으니, 저도 영원하지 않겠죠.

질문 꼭 그렇지는 않아요.

대니 그럴 수도 있죠. 그렇지 않을 수도 있고.

질문 그래요.

대니 그것도 알게 됐어요. 이럴 수도 저럴 수도 있다는 것.

질문 그게 당신에게 의미 있나요?

대니 네, 그런 것 같아요.

*

　여름은 지나가고 아이는 자란다. 민우를 보면 시간이 얼마나 빠르게 흐르는지 알 수 있다. 딸아이가 엊그제 내게 선물을 가져왔다. 두툼한 뭉치였다. 포장을 뜯어보니 무릎에 붙이는 통증 완화 밴드가 나왔다. 민우가 사라고 시켰다고 한다. 할머니 무릎에 붙이고 얼른 나으시라고.

　그리고 무슨 말들이 더 남아 있을까. 나는 이 이야기를 올드 타운 속의 날들처럼 안전하고 나른한 감상 속에서 끝낼 수도 있다. 내가 대니에게 검버섯과 버섯의 차이를 설명해준 최초이자 마지막 사람일 거라는 이야기를 하거나, 그날 밤 그가 나에게 했던 말들을 태연히 나열하면서.

　그렇다. 나는 확실히 그런 이야기를 잘할 수 있다. 이를테면 이런 말들.

　처음에는 잘 느껴지지 않았어요. 할머니가 무얼 원하는지, 무얼 하고 싶은지. 그런데 조금씩 잘 보이고 들리게 됐어요. 지금도 보여요. 그는 내게 그렇게 말했고 이것은 거짓이 아니다. 그런데 왜 가라고 하죠? 나를 미워하나요? 그는 내가 울음을 그칠

때까지 내 어깨를 안아주었고, 이것 또한 거짓이 아니다.

집이 있다면 좋겠어요. 그래서 할머니와 같이 살 수 있다면 좋을 텐데.

별소리를 다 한다.

사람들이 집을 사려면 돈이 필요하죠?

필요하지.

얼마나 필요해요? 백만원? 이백만원?

나는 웃었다. 집을 사는 게 아니라 빌리는 거야. 보통은 그래. 그리고 최소한 천만원은 있어야 빌릴 수 있고, 다달이 방세를 내야 해. 아무리 낡은 집이라도.

그렇군요.

그래.

천만원이 있으면 할머니하고 민우하고 지희하고, 대니하고, 같이 있을 수 있겠네요.

그래, 그럼 네가 벌어와.

싫어요. 할머니가 가져오세요.

싫다.

할머니, 우리 같이 살아요.

나는 그의 머리에 알밤을 먹이고 웃었다. 그러고는 연락하지

말라고 그에게 한번 더 말했다.

진심이냐고 그는 물었다. 진심이라고 나는 대답했다. 그는 돌아갔고, 다시 연락하지 않았다.

연락이 두절되었던 딸은 비행기 자리가 나지 않아 도저히 방법이 없었다면서 엿새째 되던 날 아침 일찍 돌아왔다. 딸은 많이 울었고, 민우는 겨우 상태가 호전되어 퇴원했다. 주위를 경계하며 한 발짝 한 발짝 겨우 걸음마를 하던 아이는 호되게 앓고나자 오히려 기운이 나는지 위태롭게나마 쿵쿵거리며 뛰어다니기 시작했다. 얼마 뒤, 나는 조사를 받기 위해 나와달라는 전화를 받았다. 이 모든 일들은 거짓이 아니다.

그러나 그 전화를 받기 전, 나도 전화를 걸었다.

나는 수도 없이 대니에게 전화를 걸었다. 짐짓 단호한 척, 명령하는 어조를 골랐던 나를 후회하면서. 그때까지 한 번도 부끄러워한 적 없는 내 늙음을 부끄러워하고, 내게는 없다고 믿었던 감정들이 덩굴손처럼 집요하게 마음을 휘감고 뻗어가는 것에 당황했으나 멈출 수 없다고 생각하면서.

대니는 받지 않았다. 나는 계속 전화를 걸었다. 놀이터에서 지희를 업은 채 웃고 있는 그를, 마치 처음 만났을 때처럼 환한 빛

속에서 무심하게 부서지는 그 미소를, 그의 곁에 있는 다른 사람들을 발견할 때까지. 그는 나를 보았고, 아무 내색도 하지 않았다.

나는 잘 모르는 사람들에게도 전화를 걸었다. 이해할 수 없어 하는 그들에게 질문을 하고, 대답을 듣고, 또 질문을 했다. 어떤 사람들은 불쾌해했고, 또다른 사람들은 나를 이상하게 여겼다. 가까스로 멈추어야 한다는 생각이 들었을 때, 누군가의 입에서 지희의 부모가 의도한 것인지도 모른다는 이야기가 나왔다. 어떤 사람들은 사람을 먼저 의심했다. 드문 일이었다.

나는 그 흐름을 따라가볼 수도 있었다. 모든 것에서 공평한 거리를 두고 처음부터 다시 살펴보자고 할 수도 있었다. 대로변에 바위를 떨어뜨려놓은 것이 다름 아닌 나라는 사실을 늦게나마 밝힐 수도, 그 바위에게는 잘못이 없다는 사실을 말하고, 원래 있던 곳으로 돌려놓자고 제안할 수도 있었다. 그러나 그러지 않았다. 나는 미웠고, 두려웠다. 불편을 피하고 싶었으며, 귀찮았고, 바빴다.

그리고 그 방에서의 마지막 한 시간이 있다. 물 빠진 노란색 티셔츠와 청바지를 입고 그는 자리에 앉아 있었다. 거의 움직이

지 않았고, 나를 보고도 웃지 않았다.

나는 할 수 있는 것을 모두 했다. 학습하지 않고도 지을 수 있는 표정과 충분한 체액이 있었으므로. 나는 웃음을 지었고, 변명했고, 외면했고, 원망했다. 아무것도 모르는 척 민우 이야기, 우리가 질리도록 나누었던 아이 키우는 이야기로 화제를 돌려보기도 했다. 하염없이 말을 이어가다 물을 마셨고, 과장된 몸짓을 해 보였으며, 도리어 화를 내다 마지막에는 눈물까지 흘렸다. 그러나 다른 것을 다 했어도 그에게 미안하다는 말을 할 수는 없었다.

대니, 스물네 살의 안드로이드 베이비시터. 그가 마지막으로 내게 건넨 말은 기억할 수가 없다. 그 방에 표정이라는 것이 모두 뽑혀나간 얼굴로 앉아 있던 청년이 정말로 대니였는지 나는 확신할 수 없으므로.

말들은 장식이다. 혹은 허상이다. 기억은 사람을 살게 해주지만 대부분 홀로그램에 가깝다. 대니는 아무 말도 하지 않은 채 주어진 끝을 받아들였다. 나는 일흔두 살이고, 그를 사랑했고, 죽였다. 아무도 그것을 알지 못한다. 모든 것이 희미하게 사라져가지만 그 사실은 변하지 않고, 나는 여전히 살아 그것을 견딘다.

韓国文学ショートショート
きむ ふなセレクション 11
ダニー

2020 年 7 月 31 日　初版第 1 版発行

〔著者〕ユン・イヒョン（尹異形）

〔訳者〕佐藤美雪

〔編集〕藤井久子

〔校正〕河井佳

〔ブックデザイン〕鈴木千佳子

〔ＤＴＰ〕山口良二

〔印刷〕大日本印刷株式会社

〔発行人〕　永田金司　金承福

〔発行所〕　株式会社クオン

〒101-0051　東京都千代田区神田神保町 1-7-3 三光堂ビル 3 階

電話 03-5244-5426　FAX 03-5244-5428　URL http://www.cuon.jp/

대니

Translation copyright © 2020 by Sato Miyuki. Printed in Japan
ISBN 978-4-910214-09-2 C0097
万一、落丁乱丁のある場合はお取替えいたします。小社までご連絡ください。

著者

ユン・イヒョン（尹異形）

1976年、ソウル生まれ。
2005年に短編小説「黒いヒトデ」が中央新人文学賞を受賞し
文壇デビューを果たす。
2014年の「クンの旅」が第38回李箱文学賞の優秀賞と第5回若い作家賞を、
2015年には「ルカ」で第6回若い作家賞と第5回文知文学賞を
それぞれ受賞し、一段と注目を集める。
本作「ダニー」は2013年に「文学と社会」秋号で発表され、
その後「クンの旅」「ルカ」などとともに、
短編集『ラブレプリカ』（2016年）に収められた。
邦訳に「クンの旅」（『完全版　韓国・フェミニズム・日本』所収、
斎藤真理子訳、河出書房新社、2019年）がある。

訳者

佐藤美雪（さとう　みゆき）

1975年生まれ。北海道大学文学部卒業。
延世大学校語学堂で韓国語を学ぶ。
韓国系企業での勤務の後、雑誌記事等の翻訳、
法廷通訳に携わる。
第3回「日本語で読みたい韓国の本　翻訳コンクール」にて
本作「ダニー」で最優秀賞受賞。